T0022870

Contemporánea

Adolfo Bioy Casares nació en Buenos Aires el 15 de septiembre de 1914. Desde niño se interesó por la literatura, que descubrió en la biblioteca familiar donde abundaban los libros de autores argentinos y extranjeros, en especial ingleses y franceses. Publicó algunas obras en su primera juventud, pero su madurez literaria se inició con la novela *La invención de Morel* (1940), a la que siguieron otras como *Plan de evasión* (1945), *El sueño de los héroes* (1954), *Diario de la guerra del cerdo* (1969), *Dormir al sol* (1973) y *La aventura de un fotógrafo en La Plata* (1985), así como numerosos libros de cuentos, entre los que destacan *La trama celeste* (1948), *Historia prodigiosa* (1956), *El lado de la sombra* (1962), *El héroe de las mujeres* (1978) e *Historias desaforada*s (1986). Publicó asimismo ensayos, como *La otra aventura* (1968), y sus *Memorias* (1994). En colaboración con Silvina Ocampo, su esposa, escribió la novela *Los que aman, odian* (1946), y con Jorge Luis Borges varios volúmenes de cuentos bajo el seudónimo H. Bustos Domecq. Los tres compilaron la influyente *Antología de la literatura fantástica* (1940). Maestro de este género, de la novela breve y del cuento clásico, fue distinguido con el Premio Cervantes de literatura en 1990. Murió en su ciudad natal el 8 de marzo de 1999.

Adolfo Bioy Casares

Dormir al sol

DEBOLS!LLO

Papel certificado por el Forest Stewardship Council®

Penguin
Random House
Grupo Editorial

Primera edición en Debolsillo: marzo de 2023

© 1973, Adolfo Bioy Casares
© 2022, Herederos de Adolfo Bioy Casares
© 2022, 2023, Penguin Random House Grupo Editorial, S.A.U.
Travessera de Gràcia, 47-49. 08021 Barcelona
Diseño de la cubierta: Penguin Random House Grupo Editorial / Raquel Cané
Imagen de la cubierta: © Nora Lezano
Fotografía del autor: © Alicia D´Amico

Penguin Random House Grupo Editorial apoya la protección del *copyright*.
El *copyright* estimula la creatividad, defiende la diversidad en el ámbito de las ideas
y el conocimiento, promueve la libre expresión y favorece una cultura viva. Gracias por comprar
una edición autorizada de este libro y por respetar las leyes del *copyright* al no reproducir, escanear
ni distribuir ninguna parte de esta obra por ningún medio sin permiso. Al hacerlo
está respaldando a los autores y permitiendo que PRHGE continúe
publicando libros para todos los lectores.

Printed in Spain – Impreso en España

ISBN: 978-84-663-6428-7
Depósito legal: B-691-2023

Impreso en Novoprint
Sant Andreu de la Barca (Barcelona)

P 364287

Primera Parte
por
Lucio Bordenave

I

Con ésta van tres veces que le escribo. Por si no me dejan concluir, puse la primera esquelita en un sitio que yo sé. El día de mañana, si quiero, puedo recogerla. Es tan corta y la escribí con tanto apuro que ni yo mismo la entiendo. La segunda, que no es mucho mejor, se la mandé con una mensajera, de nombre Paula. Como usted no dio señales de vida, no voy a insistir con más cartas inútiles, que a lo mejor lo ponen en contra. Voy a contarle mi historia desde el principio y trataré de ser claro, porque necesito que usted me entienda y me crea. La falta de tranquilidad es la causa de las tachaduras. A cada rato me levanto y arrimo la oreja a la puerta.

A lo mejor usted se pregunta: «¿Por qué Bordenave no manda su cartapacio a un abogado?». Al doctor Rivaroli yo lo traté una sola vez, pero al Gordo Picardo (¡a quién se lo digo!) lo conozco de siempre. No me parece de fiar un abogado que para levantar quinielas y redoblonas tiene de personero al Gordo. O a lo mejor usted se pregunta: «¿Por qué me manda a mí el cartapacio?». Si alega que no somos amigos le doy la razón, pero también le ruego que se ponga en mi lugar, por favor, y que me diga a quién podría mandarlo. Después de repasar mentalmente a los amigos —descartado Aldini, porque el reumatismo lo entumece— elegí al que nunca lo fue. La vieja Ceferina pontifica: «Los que vivimos en un pasaje tenemos la casa en una casa más grande». Con eso quiere decir que todos nos conocemos.

A lo mejor ni se acuerda de cómo empezó el altercado.

El pavimento, que llegó en el 51 o en el 52, haga de cuenta que volteó un cerco y que abrió nuestro pasaje a la gente de afuera. Es notable cómo tardamos en convencernos del cambio. Usted mismo, un domingo a la oración, con la mayor tranquilidad festejaba las monerías que hacía en bicicleta, como si estuviera en el patio de su casa, la hija del almacenero, y se enojó conmigo porque le grité a la criatura. No lo culpo si fue más rápido en enojarse y en insultar que en ver el automóvil que por poco la atropella. Yo me quedé mirándolo como un sonso, a la espera de una explicación. Quizá a usted le faltó ánimo para atajarme y explicar o quizá pensó que lo más razonable para nosotros fuera resignarnos a una desavenencia tantas veces renovada que ya se confundía con el destino. Porque en realidad la cuestión por la hija del almacenero no fue la primera. Llovió sobre mojado.

Desde chicos, usted y toda la barra, cuando se acordaban, me perseguían. El Gordo Picardo, el mayor del grupo (si no lo incluimos al Rengo Aldini, que oficiaba de bastonero y más de un domingo nos llevó a la tribuna de Atlanta), una tarde, cuando yo volvía del casamiento de mi tío Miguel, me vio de corbata y para arreglarme el moño casi me asfixia. Otra vez usted me llamó engreído. Lo perdoné porque atiné a pensar que me ofendía tan sólo para conformar a los otros y a sabiendas de que estaba calumniando. Años después, un doctor que atendía a mi señora, me explicó que usted y la barra no me perdonaban el chalet con jardín de granza colorada ni la vieja Ceferina, que me cuidaba como una niñera y me defendía de Picardo. Explicaciones tan complicadas no convencen.

Quizá la más rara consecuencia del altercado por la hija del almacenero fue la idea que me hice por entonces y de la que muy pronto me convencí, de que usted y yo habíamos alcanzado un acuerdo para mantener lo que llamé el distanciamiento entre nosotros.

Estoy llegando ahora al día de mi casamiento con Diana. Me pregunto qué pensó usted al recibir la invitación. Tal vez creyó ver una maniobra para romper ese acuerdo de caballeros. Mi intención era, por el contrario, la de manifestar el mayor respeto y consideración por nuestro malentendido.

Hace tiempo, una tarde, en la puerta de casa, yo conversaba con Ceferina que baldeaba la vereda. Recuerdo perfectamente que usted pasó por el centro del pasaje y ni siquiera nos miró.

—¿Van a seguir con la pelea hasta el día del Juicio? —preguntó Ceferina, con esa voz que le retumba en el paladar.

—Es el destino.

—Es el pasaje —contestó y sus palabras no se han borrado de mi mente—. Un pasaje es un barrio dentro del barrio. En nuestra soledad el barrio nos acompaña, pero da ocasión a encontronazos que provocan, o reviven, odios.

Me atreví a corregirle la plana.

—No tanto como odios —le dije—. Desavenencias.

Doña Ceferina es una parienta, por el lado de los Orellana, que bajó de las provincias en tiempos de mis padres; cuando mi madre faltó, ya no se apartó de nosotros, fue ama, niñera, el verdadero pilar de nuestra casa. En el barrio la apodan el Cacique. Lo que no saben es que esta señora, para no ser menos que muchos que la desprecian, leyó todos los libros del quiosco del Parque Saavedra y casi todos los de la escuelita Basilio del Parque Chas, que le queda más cerca.

II

Sé que algunos dijeron que no tuve suerte en el matrimonio. Más vale que la gente de afuera no opine sobre asuntos reservados, porque en general se equivoca. Pero explíqueles al barrio y a la familia que son de afuera.

El carácter de mi señora es más bien difícil. Diana no perdona ningún olvido, ni siquiera lo entiende, y si caigo a casa con un regalo extraordinario me pregunta: «¿Para hacerte perdonar qué?». Es enteramente cavilosa y desconfiada. Cualquier buena noticia la entristece, porque da en suponer que para compensarla vendrá una mala.

Tampoco le voy a negar que en más de una oportunidad nos disgustamos con mi señora y que una noche —me temo que todo el pasaje haya oído el alboroto— con intención de irme en serio me largué hasta Los Incas, a esperar el colectivo, que por fortuna tardó y me dio tiempo de recapacitar. Probablemente muchos matrimonios conocen parejas aflicciones. Es la vida moderna, la velocidad. Sé decirle que a nosotros las amarguras y las diferencias no lograron separarnos.

Me admira cómo la gente aborrece la compasión. Por la manera de hablar usted descuenta que son de fierro. Si la veo apenada por las cosas que hace cuando no es ella, siento verdadera compasión por mi señora y, a la vez, mi señora me tiene lástima cuando me amargo por su culpa. Créame, la gente se cree de fierro pero cuando le duele, afloja. En este punto Ceferina se parece a los demás. Para ella, en la compasión, hay únicamente blandura y desprecio.

Ceferina, que me quiere como a un hijo, nunca aceptó enteramente a mi señora. En un esfuerzo para comprender ese encono, llegué a sospechar que Ceferina mostraría igual disposición con toda mujer que se me arrimara. Cuando le hice la reflexión, Diana contestó:

—Yo pago con la misma moneda.

A nadie quiere tanto la gente como a sus odios. Le confieso que en más de una oportunidad, entre esas dos mujeres de buen fondo, me sentí abandonado y solitario. Menos mal que a mí me quedaba siempre el refugio del taller de relojería.

Le voy a dar una prueba de que la malquerencia de Ceferina por Diana era, dentro del cuadro familiar, un hecho público y notorio. Una mañana Ceferina apareció con el diario y nos indicó un sueltito que decía más o menos: *Trágico baile de disfraz en Paso del Molino. No desconfió del dominó que tenía a su lado porque pensaba que era su esposa. Era la asesina.* Estábamos tan quisquillosos que bastó esa lectura para que armáramos una pelea. Diana, usted no lo creerá, se dio por aludida, yo hice causa común con ella, y la vieja, es cosa de locos, asumió el aire de quien dice *tomá*, como si hubiera leído algo comprometedor para mi señora o por lo menos para el gremio de las esposas. Tardé más de catorce horas en comprender que al hombre del baile no lo había matado su cónyuge. No quise aclarar nada, por miedo de reanimar la discusión.

Una cosa aprendí: es falso que uno se entienda hablando. Le doy como ejemplo una situación que se ha repetido la mar de veces. La veo a mi señora deprimida o alunada y, naturalmente, me entristezco. Al rato pregunta:

—¿Por qué estás triste?

—Porque me pareció que no estabas contenta.

—Ya se me pasó.

Ganas no me faltan de contestarle que a mí no, que no soy tan ágil, que yo no me mudo tan rápidamente de la tristeza a la alegría. A lo mejor, creyendo ser cariñoso, agrego:

—Si no querés entristecerme, no estés nunca triste.

Viera cómo se enoja.

—Entonces no vengás con el cuento de que es por mí que te preocupás —me grita como si yo fuera sordo—. Lo que yo siento, a vos te tiene sin cuidado. El señor quiere que su mujer esté bien, para que lo deje tranquilo. Está muy interesado en lo suyo y no quiere que lo molesten. Es, además, vanidoso.

—No te enojés que después te sale un herpes de labio —le digo, porque siempre fue propensa a estas llaguitas que la molestan y la irritan.

Me contesta:

—¿Tenés miedo que te contagie?

No le refiero la escena para hablar mal de mi señora. Tal vez la cuento contra mí. Mientras la oigo a Diana, le doy la razón, aunque por momentos dude. Si por casualidad toma, entonces, la más característica de sus posturas —acurrucada en un sillón, abrazada a una pierna, con la cara apoyada en la rodilla, con la mirada perdida en el vacío— ya no dudo, me embeleso y pido perdón. Yo me muero por su forma y su tamaño, por su piel rosada, por su pelo rubio, por sus manos finas, por su olor y, sobre todo, por sus ojos incomparables. A lo mejor usted me llama esclavo; cada cual es como es.

En el barrio no se muestran lerdos para alegar que una señora es holgazana, o de mal genio, o paseandera, pero no se paran a averiguar qué le sucede. Diana, está probado, sufre por no tener hijos. Me lo explicó un doctor y me lo confirmó una doctora de lo más vivaracha. Cuando Martincito, el hijo de mi cuñada, un chiquilín insoportable, viene a pasar unos días con nosotros, mi señora se desvive, usted no la reconoce, es una señora feliz.

Como a tanta mujer sin hijos, los animales la atraen de manera notable. La ocasión de confirmar lo que digo se presentó hace un tiempo.

III

Desde que perdí el empleo en el banco me defiendo con el taller de relojería. Por simple gusto aprendí el oficio, como algunos aprenden radio, fotografía u otro deporte. No puedo quejarme de falta de trabajo. Como dice don Martín, con tal de no viajar al centro, la gente se arriesga con el relojero del barrio.

Le cuento las cosas como fueron. Durante la huelga de los empleados del banco, Diana se dejó dominar por los nervios y por su tendencia al descontento general. En los primeros días, delante de la familia y, también, de vecinos y extraños, me reprochaba una supuesta falta de coraje y de solidaridad, pero cuando me encerraron, un día y una noche que me parecieron un año, en la comisaría 1ª, y sobre todo cuando me echaron del banco, se puso a decir que para sacar las castañas del fuego los cabecillas contaron siempre con los bobos. Pasó la pobre por un mal momento; no creo que hubiera entonces manera de calmarla. Cuando le anuncié que me defendería con los relojes, quiso que trabajara en un gran salón de venta de automóviles usados, en plena avenida Lacarra. Me acompañó a conversar con el gerente, un señor que parecía cansado, y con unos muchachitos, a ojos vistas los que mandaban ahí. Diana se enojó de veras porque me negué a trabajar con esas personas. En casa la discusión duró una semana, hasta que la policía allanó el local de Lacarra y en los diarios aparecieron las fotografías del gerente y de los muchachos, que resultaron una famosa banda.

De todos modos mi señora mantuvo su firme oposición a la relojería. Vale más que yo no calce la lupa delante de ella, porque ese gesto inexplicablemente la irrita. Recuerdo que una tarde me dijo:

—No puedo evitarlo. ¡Le tengo una idea a los relojes!

—Decime por qué.

—Porque son chicos y llenos de rueditas y de recovecos. Un día voy a darme el gusto y voy a hacer el desparramo del siglo, aunque tengamos que mudarnos a la otra punta de la ciudad.

Le dije, para congraciarla:

—Confesá que te gustan los relojes de cuco.

Sonrió, porque seguramente imaginaba la casita y el pajarito, y contestó con mejor ánimo:

—Casi nunca te traen un reloj de cuco. En cambio vienen siempre con esos mastodontes de péndulo. El carillón es una cosa que me da en los nervios.

Como pontifica Ceferina, cada cual tiene su criterio y sus gustos. Aunque no siempre uno los entienda, debe aceptarlos.

—Se corrió la voz de que tengo buena mano para el reloj de péndulo. Del propio Barrio Norte me los traen.

—Mudémonos al Barrio Norte.

Traté de desanimarla.

—¿No sabés que es el foco de los péndulos? —le dije.

—Sí, che, pero es el Barrio Norte —contestó pensativa.

No puede negar que lleva la sangre Irala. En la «familia real», como los llama Ceferina, se desviven todos por la figuración y por el roce.

A mí la idea de mudarme, siempre me contrarió. Siento apego por la casa, por el pasaje, por el barrio. La vida ahora me enseñó que el amor por las cosas, como todo amor no correspondido, a la larga se paga. ¿Por qué no escuché el ruego de mi señora? Si me hubiera alejado a tiempo, ahora estaríamos libres. Con resentimiento y con desconfianza, imagino el barrio, como si estas hileras de casas que yo conozco de memoria se hubieran convertido en las tapias de una cárcel donde mi señora y yo estamos condenados a un destino peor que la muerte. Hasta hace poco vivíamos felices; yo porfié en quedarme y, ya lo ve, ahora es tarde para escapar.

IV

En agosto último conocimos a un señor Standle, que da lecciones en la escuela de perros de la calle Estomba. Apuesto que lo vio más de una vez por el barrio, siempre con un perro distinto, que va como pendiente de las órdenes y que ni chista de miedo a enojarlo. Haga memoria: un gigantón de gabardina, rubio, derecho como palo de escoba, medio cuadrado en razón de las espaldas anchas, de cara afeitada, de ojos chicos, grises, que no parpadean, le garanto, aunque el prójimo se retuerza y clame. En el pasaje corren sobre ese individuo los más variados rumores: que llegó como domador del Sarrasani, que fue héroe en la última guerra, fabricante de jabones con grasa de no sé qué osamenta, e indiscutido as del espionaje que transmitió por radio, desde una quinta en Ramos, instrucciones a una flota de submarinos que preparaba la invasión del país. A todo esto agregue, por favor, la tarde en que Aldini se levantó como pudo del banquito donde tomaba fresco junto a su perro, que aparenta ser tan reumático y viejo como él, me agarró de un brazo, me llevó aparte como si hubiera gente, pero en la vereda sólo estábamos nosotros y el perro, y me sopló en la oreja:

—Es caballero teutón.

V

Otra tarde, mientras mateábamos, Diana le comentó a Ceferina:

—Apuesto que ni se acuerda.

Movió la cabeza en mi dirección. Me quedé mirándola con la boca abierta, porque al principio no me acordaba de que el domingo era mi cumpleaños.

Diana observa puntualmente toda suerte de santos, aniversarios, días de la madre, del abuelo, y de lo que se le ocurra al almanaque o quien disponga en la materia, de modo que no tolera esos olvidos. Si la fecha olvidada hubiera sido su propio santo o el de don Martín Irala, mi suegro, o el aniversario de nuestro casamiento, mejor que yo me desterrara del pasaje, porque para mí no habría perdón.

—No invités más que a la familia —le supliqué.

En casa, la familia es la de mi señora.

Como se trataba de mi cumpleaños por fin cedió y lo celebramos en la intimidad. Créame que me costó convencerla. Es muy amiga de las fiestas.

La noche del cumpleaños vinieron, pues, don Martín, Adriana María, mi cuñada, su hijo Martincito y —¿a título de qué?, me pregunto— el alemán Standle.

A don Martín lo habrá visto por el jardín de casa con la azada y con la regadera. Es muy amigo de las flores y de toda clase de legumbres. Usted seguramente lo tomó por uno de esos jardineros a destajo. Si es así, mejor que mi suegro no se entere. A todos, en la familia, los aflige la soberbia de la sangre, desde que un especialista que atendía en un quiosco en la Rural les contó que descienden en línea recta de un Irala que tuvo un problema con los indios. Don Martín es hombre morrudo, más bien bajito, calvo, de ojos celestes, notable por los arranques de su mal carácter. No bien llegó reclamó mis pantuflas de lana. No se las puedo negar, créame, porque se le volvieron una segunda naturaleza; pero cuando lo veo con las pantuflas le tomo rabia. Usted pensará que un individuo que se le apropia de las pantuflas, aunque sea por un rato, lo hace en prenda de algún sentimiento de amistad. Don Martín no comparte el criterio y, si me habla, es para ladrarme. Debo reconocer que en la noche de mi cumpleaños (como todo el mundo, salvo yo) se mostró alegre. Era la sidra. Amén, desde luego, de los ingredientes del menú: abundantes, frescos, de la mejor calidad, preparados como Dios manda. En casa habrá muchas fallas, pero no en lo que se come.

Permítame que deje el punto debidamente aclarado: siempre Diana presumió de buena mano en la cocina. Un mérito de reconocido peso en el hogar. Sus pastelitos rellenos de choclo son justamente famosos en la intimidad y aun entre la parentela.

Cuando terminó el Noticiario Deportivo, don Martín apagó la televisión. Martincito, que berrea como si imitara a un chico berreando, exigió que la encendiera de nuevo. Don Martín, con una calma que me asombró, se descalzó la pantufla derecha y le aplicó un puntapié. Martincito chilló. Diana lo protegió, lo mimó: se desvive por él. Tronó don Martín:

—A comer se ha dicho.

—¿Adivinan la sorpresa? —preguntó Diana.

En el acto manifestaron todos un alboroto inconfundible. Hasta Ceferina, que es tan peleadora e intransigente, participó en esa pequeña representación, nada fingida por lo demás. Diana pone en su trabajo no menos amor propio que buena voluntad, de modo que no va a admitir que los pastelitos le salgan mal o caigan pesados.

En casa, a cada rato, se oye alguna campanada de los relojes de pared que están en observación. A nadie le irrita, que yo sepa, el alternarse de los carillones, frecuentes pero armoniosos; a nadie salvo a Diana o a don Martín. Cuando sonó un reloj de cuco, don Martín se encaró conmigo y gritó:

—Que se calle ese pájaro porque le voy a torcer el pescuezo.

Diana protestó:

—Ay, papá. Yo tampoco aguanto los relojes, pero el de cuco es lo que se llama simpático. ¿No te gustaría vivir en su casita? A mí, sí.

—A mí los relojes que más rabia me dan son los de cuco —dijo don Martín, ya un tanto calmado por Diana.

Como yo, la quiere con locura.

Martincito comió del modo más repugnante. Por toda la casa dejó rastros de sus manos pegajosas.

—Los niños del prójimo son ángeles disfrazados de diablos —comentó Ceferina, con esa voz que le retumba—. Dios los manda para probar nuestra paciencia.

Confieso que en ningún instante de la noche sentí alegría. Quiero decir verdadera alegría. Tal vez yo estaba mal preparado por un presentimiento, porque a los cumpleaños y a las fiestas de Navidad y de Año Nuevo, desde que tengo memoria, los miro con desconfianza. Procuro disimular, para no estropearle a mi señora celebraciones que ella aprecia tanto, pero seguramente me preocupo y estoy mal dispuesto. Justificación no me falta: las peores cosas me sucedieron en esas fechas.

Aclaro que, hasta últimamente, las peores cosas habían sido peleas con Diana y ataques de celos por deslices que no existieron sino en mi imaginación.

Usted le dará la razón a mi señora, dirá que estoy muy interesado en lo mío, que no me canso de explicar lo que siento.

En la carta que le llevó la señorita Paula, no le detallaba nada. Después de leerla, ni yo mismo quedé convencido. Me pareció natural, pues, que usted no me respondiera. En esta relación, en cambio, le explico todo, hasta mis locuras, para que vea cómo soy y me conozca. Quiero creer que usted pensará, en definitiva, que se puede fiar de mí.

VI

Aquella noche del cumpleaños, el profesor Standle, hablando de perros, acaparó la atención del auditorio. Era notable cómo se interesaban los presentes, no sólo en el aprendizaje del perro, sino en la organización de la escuela. Yo soy el primero —si el profesor no miente— en reconocer los resultados de la enseñanza, y no le voy a negar que por el término de uno o dos minutos me embobaron esas historias de animales. Mientras otros hablaban de las ventajas y desventajas del collar de adiestramiento, me dejé llevar por la pura fantasía y en mi fuero interno me pregunté si asistía la razón a quienes niegan el alma a los perros. Como dice el profesor, entre la inteligencia nuestra y la de ellos, no hay más que una diferencia de grado; pero yo no estoy seguro de que siempre esa diferencia exista. Algunos alumnos de la escuela se desenvuelven —si me atengo a los relatos del alemán— como seres humanos hechos y derechos.

La voz del señor Standle, un zumbido de lo más parejo y serio que se puede pedir, me despertó de la ensoñación. Aunque no entiendo el porqué, esa voz me desagrada. El individuo exponía:

—Educamos, vendemos, bañamos, cortamos el pelo y hasta montamos el más lindo instituto de belleza para pichichos de lujo.

Mi señora preguntó:

—¿Hay quien le lleva sus perros como otros mandan los chicos a la escuela? Los pobrecitos ¿lloran la primera mañana?

—Mi escuela forma guardianes —contestó gravemente Standle.

—Vamos por partes —dijo don Martín—. Para eso no es necesaria mucha ciencia. Con un collar y una cadena, a usted mismo lo convierto en perro de guardia.

—La escuela va más lejos —replicó Standle.

Mi suegro, tan hosco habitualmente, objetaba para mantener el principio de autoridad, pero no por convicción. En realidad, escuchaba embelesado y, cuando el reloj de cuco sonaba, aparentemente no lo oía. ¿Para qué negarlo? Suspendidos de la palabra del profesor estaban todos, menos la vieja Ceferina, que por sordo encono a mi señora y a su familia se mantenía apartada y, bajo una risita de menosprecio, escondía su vivo interés. Vaya a saber por qué yo me sentí abandonado y triste. Menos mal que Adriana María, mi cuñada —se parece a mi señora, en morena— se compadeció de mí y en ocasiones me preguntaba si no quería otra sidra.

El profesor continuaba:

—No le devolvemos al amo un simple animalito amaestrado. Le devolvemos un compañero de alta fidelidad.

Al oír estas pesadeces yo ni remotamente sospechaba sus terribles consecuencias. Le aseguro que a mi señora le afectaron el juicio. No hablo como alarmista: usted ha de saber, porque todos en el pasaje lo saben, que ya de soltera a Diana la internaron por lo menos dos veces. Concedo que al principio de la conversación abordó el tema de los perros con aparente calma, hablando en voz baja, lo más bien, como quien se contiene.

—En una casa con jardín —opinó, pensativa— un perro es conveniente.

—En sumo grado —sentenció el alemán.

No asentí, pero tampoco negué. Mucho me temo que esa moderación de mi parte alentara a mi señora. Por el mal camino, desde luego.

Aspectos diversos del mismo asunto (los perros, la escuela) alimentaron la conversación hasta muy altas horas.

Intempestivamente declaró mi suegro:

—Si me voy tarde, lo que es yo, no concilio el sueño. A ustedes qué les importa. A mí, sí.

Es claro que a mí no me importaba que mi suegro durmiera o no, pero con increíble calor me defendí de esa acusación de indiferencia, que repetidamente califiqué de gratuita. La interpretación de mis protestas, que se le ocurrió a Adriana María, me obligó a sonreír.

—¡Pobrecito el del santo! —dijo cariñosamente—. Se cae de sueño y quiere que lo dejemos tranquilo.

Yo no tenía sueño (quería, nomás, que se fueran), pero me pareció mejor no explicar.

Aunque la conversación continuaba, consideré inminente la partida, porque nos habíamos puesto de pie. A último momento hubo demoras. Tuvo, don Martín, que pasar por el baño y después revolvió la casa porque no encontraba la chalina. Adriana María, que había mostrado tanto apuro y que ahogándose de risa me apuntaba con el dedo y repetía «El pobre no da más», emprendió no sé qué larga explicación ante Ceferina, que la miraba desde lo alto. Don Martín, si no me fijo a tiempo, se lleva mis pantuflas. Inútil aclarar que el chiquilín no se comidió a traer los botines de su abuelo. Para después de la partida de la familia, el profesor me reservaba una sorpresa desagradable. Entró en casa con nosotros.

VII

Le aseguro que esa noche empezó la pesadilla que todavía estamos viviendo. El profesor Standle, sin preocuparse de lo que yo pensara, hundía a mi señora en la idea fija de los perros. Yo no podía protestar, de miedo que ella se pusiera de su lado y me tomara entre ojos.

Volvía más intolerable la situación, el hecho

de que el profesor recurría a explicaciones desabridas, que no podían interesar a ninguna señora:

—Para guardianes, la última palabra es la perra —declaró, como si revelara una verdad profunda—. A su mejor perro le ponen los malandrines una perra alzada y se acabó el guardián. En cambio una perra siempre es fiel.

No sé por qué estas palabras provocaron en mi señora una especie de risa descompuesta, que resultaba penosa y que no terminaba.

Conversamos de perros hasta que el individuo —a horas en que uno siente culpa de seguir despierto— dijo que se iba. Si no me pongo firme lo acompañamos hasta la escuela. De todos modos hubo que salir a la puerta de calle.

Cuando entramos hallé la casa destemplada, pasada de olor a tabaco y triste. Diana se dejó caer en un sillón, se acurrucó, se abrazó una pierna, apoyó la cara contra la rodilla, quedó con la mirada perdida en el vacío. Al verla así me dije, le juro, que yo no podría vivir sin ella. También, estimulado por el entusiasmo, concebí pensamientos verdaderamente extraordinarios y me dio por preguntarme: ¿Qué es Diana para mí? ¿su alma? ¿su cuerpo? Yo quiero sus ojos, su cara, sus manos, el olor de sus manos y de su pelo. Estos pensamientos, me asegura Ceferina, atraen el castigo de Dios. Yo no creo que otra mujer con esa belleza de ojos ande por el mundo. No me canso de admirarlos. Me figuro amaneceres como grutas de agua y me hago la ilusión de que voy a descubrir en su profundidad la verdadera alma de Diana. Un alma maravillosa, como los ojos.

La misma Diana me arrancó de estas reflexiones, cuando se puso a fantasear y dijo que íbamos a tener un perro que nos acompañara y nos entendiera como un prójimo. Usted hacía de cuenta que escuchaba a una criatura. Para peor, Diana hablaba a tal velocidad que si yo no me apuraba en protestar, sus afirmaciones quedaban perdidas a lo lejos y yo debía cargosearla para que desandara camino y las discutiéramos. Además, estaba tan nerviosa (y me gustaba tanto) que, para no contrariarla, muchas veces no la desengañé. Si la hubiera contrariado, pobre de mí. Es muy severa cuando se enoja y le aseguro que no hace las paces hasta que uno prácticamente se arrastró como gusano y le pidió hasta el cansancio perdón. Apenas me atreví a observar:

—Ceferina dice que hay algo monstruoso y muy triste en los animales.

—Cuando yo era chica quería tener un jardín zoológico —contestó Diana.

—Ceferina dice que los animales, a lo mejor, son gente castigada con la maldición de no poder hacer uso de la palabra.

Fíjese cómo es mi señora. Hasta en su locura se muestra vivaracha y tiene contestación para todo. Me preguntó:

—¿No oíste lo que dijo el profesor Standle?

—Oí demasiado.

Insistió sin perturbarse:

—De los perros que hablan.

—Francamente, ese disparate se me pasó por alto.

—Estabas destapando una botella de sidra. Contó que otro profesor, un compatriota suyo, enseñó a un perro a pronunciar tres palabras en perfecto alemán.

—Un perro ¿de qué raza? —pregunté, como un idiota.

—Recuerdo la palabra *Eberfeld*. No sé decirte si es la raza o la ciudad donde vivían o el nombre del profesor.

Muchas debilidades tuve esa noche y todavía las pago.

VIII

Toda la noche me acompañó la aflicción. Pensando tristezas me desvelé y, cuando oí el gallo que tiene Aldini en el patio del fondo, me dije que al día siguiente iba a estar cansado y que la mano temblaría en los relojes. Por fin me dormí para soñar que perdía a Diana, creo que en la Avenida de Mayo, donde nos habíamos encontrado con Aldini, que anunció: «Los aparto por un instante, para decirte un secreto sin ninguna importancia». Muy sonriente hacía el ademán de apartarnos y en seguida me apuntaba con un dedo. El carnaval desembocó entonces en la avenida y la arrastró a Diana. La vi perderse entre máscaras disfrazadas de animales, que incesantemente pasaban, con el cuerpo a rayas de colores como de cebras o de víboras y con la cabeza de perro en cartón pintado, de lo más impávida. No me creerá: todavía dormido, me pregunté si mi sueño era un efecto de lo que sucedió o un anuncio de lo que iba a suceder. Tampoco me creerá si le digo que, despierto, seguía en la pesadilla.

Mi señora, por aquel tiempo, ya no paró en casa: el santo día lo empleaba en la escuela, sin resolverse por ningún animalito. Una falta de resolución que, según comentó una tarde el propio Standle, da que pensar. Yo la esperaba con impaciencia y discurría despropósitos: que le había pasado algo, que no iba a volver. Días hubo que cenamos tarde, porque mi señora no regresaba y otros que Ceferina y yo, después de cenar, para distraer el tiempo, jugábamos a la escoba, cuando no a la brisca. Los rumores de la noche eran motivo suficiente para que yo, a cada rato, me asomara al jardín. A su estirada cara de furia y menosprecio, ya de lo más común, Ceferina agregaba entonces palabras masculladas por lo bajo, que se oían perfectamente:

—El niño está con cuidado. Su mujercita no vuelve. Todavía la va a perder.

La intención general y el tono eran siempre

los mismos. A veces yo no aguantaba y con una voz que aparentaba indiferencia le decía:

—Me voy a dar una vuelta.

Si usted piensa que no tengo edad de pedir permiso, está en su derecho. Es muy fácil arreglar de palabra la conducta del prójimo, pero cada cual lleva la propia como puede. ¿Qué me aconseja? ¿Que la eche a Ceferina? Guardando las distancias, yo haría de cuenta que echo a la finada mi madre. ¿Que le pegue un grito? A mí no me gusta pasar la vida gritando. Ceferina, con la cara de rabia y con los ojos relucientes, bien a las claras deja ver su desaprobación. Para mí esa desaprobación, no sé cómo explicarme, es una cosa real, algo que está en mi camino, como la punta de una mesa. No me pida que todas las veces que paso la lleve por delante, porque yo prefiero vivir tranquilo y dar un rodeo. Lo de vivir tranquilo es una manera de hablar.

Como le contaba: si me entraba la desazón, con el pretexto de tomar aire, salía a la calle, elegía el lugar menos iluminado, me recostaba contra el cerco y esperaba. Esperaba con inquietud en el alma, porque Diana tardaba más de lo previsible, pero también porque siempre aparecían los vecinos, que viven para sorprenderlo a uno y repartir el comentario por el pasaje.

Una noche Picardo se me vino derechito, como si supiera dónde iba a encontrarme y, sin molestarse en preámbulos ni atenuantes, me dijo:

—Para mí que le dio algo. Me explicó el doctor Rivaroli, un amigo que te voy a presentar, que bastan dos o tres gotas en el café con leche. Cuando se cansa de tenerla como esclava, la vende a los tratantes de Centroamérica.

Otra noche el mismo Aldini, que según Ceferina está perdiendo la vista, con el pretexto de pasear el perro (más bien de arrastrarlo, porque el pobre Malandrín, cuando quiere acordar, se agita y se echa), como le decía, con el pretexto de pasear el perro, caminó hasta donde yo estaba —el lugar más oscuro, le garanto— y me pidió:

—Por favor no lo escuches a Picardo. Ahora te explican todo por las drogas. Haceme caso, hay mucha exageración.

Ni usted ni yo vamos a creer en la fábula de esas gotitas en el café con leche. Admito, sin embargo, que Diana, cuando finalmente volvía al hogar, traía pegados en el vestido pelos de perro. Hay más: olía a perro. Hablaba de perros y del alemán —yo no sabía cuándo se refería a unos y cuándo al otro—, hablaba a toda velocidad, como si una comezón la enloqueciera y, porque la noche no le alcanzaba para discutir los méritos y defectos de sabuesos, ovejeros y mastines, por la mañana seguíamos el debate, hasta que mi señora salía a callejear y yo me dormía sobre los relojes.

IX

Ese profesor, que no le envidia a Judas, una tarde me llamó por teléfono para que nos reuniéramos en el Bichito, que está frente a Carbajal.

—¿Se puede saber el motivo? —le pregunté.

Contestó inmediatamente:

—Hablar de la señora.

Aunque entendí, pedí aclaración:

—¿De qué señora?

—La suya.

Como usted comprenderá, yo no podía creer lo que oía, pero me sobrepuse y contesté con odio:

—¿Quién es usted para meterse?

Todavía pronunciaba esas palabras, cuando el miedo me enfrió la sangre. ¿Le habría pasado algo a Diana? Más valía no perder tiempo.

El profesor Standle empezaba a decir con la voz extrañamente aflautada:

—Bueno, usted sabe...

Lo interrumpí sin contemplaciones:

—Allá voy.

Corrí por la calle, en el Bichito elegí una mesa que permitía la continua vigilancia de la entrada, pedí algo para tomar y, antes que me sirvieran, ya estaba preguntándome si no debía largarme a la escuela de perros. ¿Qué me dio por decir «Allá voy» y cortar? Quizá el profesor entendió que yo iría a la escuela, pero si yo tardaba, a lo mejor se preguntaba si «allá» no quería decir el Bichito y quizá nos encontráramos, o nos desencontráramos, en el trayecto.

Por su parte, usted se preguntará por qué le cuento estas payasadas. Desde la noche de mi cumpleaños hasta ahora, salvo cortos intervalos de tranquilidad, he vivido en estado de ofuscación permanente. Visto por los demás, el hombre ofuscado se comporta como un payaso.

Después de una media hora interminable —porque en definitiva me quedé en el bar— apareció el profesor. Vino a la mesa, pidió un bock, se quitó la gabardina, la dobló cuidadosamente, la colocó en el respaldo de una silla, tomó asiento y le garanto que hasta beber la cerveza y limpiarse la espuma no soltó palabra. Cuando habló, por un momento se me desdibujó su cara, como si me diera un vahído. Esto es lo primero que oí:

—Usted sabe que la señora está muy enferma.

—¿Diana? —murmuré.

—La señora Diana —me corrigió.

—¿Qué le ha pasado? ¿Una descompostura? Contestó con el mayor desprecio:

—No se haga el que no capta. Está muy enferma. Si no actuamos, puede llegar a ese punto del que nadie vuelve.

—Yo quiero que vuelva.

—Usted quiere cerrar los ojos para no ver la realidad —contestó—, pero capta muy bien.

—No acabo de entender —traté de sincerarme—. Pesco algo y la cabeza me da vueltas.

—Actuamos en el acto o pierde prácticamente a la señora.

—Actuemos —le dije y le pedí que me explicara cómo.

Entonces me habló con su voz más grave:

—La respuesta —dijo— es la internación. La internación.

Atiné a protestar:

—Eso no...

Recayó en la voz aflautada y comentó, como si estuviera satisfecho:

—La incapacidad para tomar decisiones, demostrada por la señora Diana, que no se resuelve por ningún pichicho, no es propia de gente en sus cabales.

Para mí que el profesor empleó adrede la palabra *internación*. En todo caso, quedé como si hubiera recibido un golpe. No era para menos. La pobre Diana, cuando se acordaba de sus internaciones, echaba a temblar como un animal asustado, se aferraba a mis manos y, como si reclamara toda mi atención, toda la verdad, preguntaba: «Ahora que estoy casada ¿no me pueden internar, no es cierto?». Yo le contestaba que no, que no podían, y creía lo que estaba diciéndole.

Standle siguió:

—¿A usted le parece bien que la señora ande el santo día lejos del hogar?

—Si no fuera más que el santo día… —suspiré.

—Y buena parte de la noche. ¿Usted la espera muy tranquilo?

—No, no la espero tranquilo.

—Mientras dure la internación, para usted se acabaron los dolores de cabeza.

Dios me perdone, dije:

—¿Usted cree?

—Va de suyo —contestó—. Si me da el visto bueno, entro en contactos con el doctor Reger Samaniego.

—La pobre Diana está muy nerviosa —murmuré, y me sentí mal, como si hubiera dicho una hipocresía.

—¿A quién se lo cuenta? —respondió—. En breve plazo el doctor Samaniego la pone en forma. ¿Usted sabe? A veces lo llaman para consultas ¡desde el centro! Pero mejor que no se haga ilusiones. Puede haber una dificultad.

—¿Una dificultad? —pregunté ansiosamente.

—Tal vez no la reciban. En el Instituto Frenopático del doctor Reger Samaniego no entra cualquiera.

—Habrá algún medio…

—Tiene muchos pedidos. Tampoco sé cuánto cobra.

—Eso no importa —alegué.

No es que yo sea rico, pero no voy a pensar en el dinero cuando se trata de Diana.

—No se preocupe —dijo el profesor.

—Muy fácil —protesté con rabia.

—El Instituto queda en la calle Baigorria. Aquí a la vuelta. Usted la visitará cada vez que tenga ganas. Mañana, a primera hora, paso a buscarla.

Lo miré sorprendido, aunque sabía perfectamente que era compinche del doctor, porque los viernes a la noche juegan al ajedrez, a la vista y paciencia del público, en La Curva, de Álvarez Thomas y Donado. Es verdad que yo sabía todo esto de mentas: por una de esas grandes casualidades del destino, hasta aquel entonces nunca se me había cruzado ante los ojos el doctor Reger Samaniego, con su cara de momia.

X

El profesor Standle se levantó, mientras yo me apuraba en pagar, para no quedar sentado, como un guarango, y creo que lo ayudé con el impermeable, lo que me resultó de lo más trabajoso, pues mide el animal, por lo bajo, dos metros. Cuesta creerlo, pero le repetí varias veces «Gracias», porque aún lo veía como un amigo y como un protector. Nada más que por la dificultad de encontrar las palabras, no le dije: «No sabe el peso que me ha sacado de encima».

Hasta que se fue me duró ese estado de ánimo. Después me sentí, no sé si me explico, sin apoyo, nada contento de la decisión que había tomado. Quién sabe si Standle no me había parecido un protector por que no me dejaba abrir la boca para plantear mis dudas. Creo que tuve miedo, como si hubiera puesto en marcha una calamidad incalculable. Me entretuve dando vueltas por el barrio, para no llegar demasiado pronto, sobre todo para no presentarme en casa con la cara de pesadumbre y con esa rigidez en las mandíbulas, que no me dejaba aparentar buena disposición o por lo menos indiferencia. También quería recapacitar porque no sabía qué decirle a Diana.

De repente grité: «No puedo hacerle eso». No podía entrar en arreglos, a sus espaldas, con un desconocido, para internarla. Yo no me lo perdonaría; ella, créame, tampoco. Se me ocurrieron planes descabellados. Proponerle que esa misma noche nos fuéramos a pasar una semana en un recreo del Tigre (el tiempo no era aparente) o que nos largáramos a Mar del Plata o a Montevideo, a probar la suerte en el casino.

Claro que si Diana me preguntaba «¿Por qué no esperamos a mañana por la mañana, por qué salimos en medio de la noche, como si nos escapáramos?» yo no tendría contestación.

No me acuerdo si le dije que mi señora es muy valiente. Desde ya que guardaba un mal recuerdo del sanatorio donde la encerraron de soltera y que la pobre contaba conmigo para que la defendiese de cualquier médico o practicante que asomara por casa, pero si hubiera sospechado que yo le proponía la fuga, aparte de llevarse una desilusión y despreciarme sin remedio, por nada me hubiera seguido, aunque supiera que a la mañana siguiente venían a buscarla. Lo que va de una persona a otra: hasta ese momento yo no me había parado a considerar la posibilidad de que alguien interpretara mis planes como un intento de fuga. Mi única preocupación había sido la de salvar a mi señora.

Es verdad que si me apura un poco le voy a reconocer que me comprometí a entregar a mi señora para no quedar mal en la conversación. Le agrego, si quiere, un agravante. Cuando el profesor se retiró de mi vista, ya no me importó quedar bien o mal y me admiré de la enormidad que yo había consentido. Pobre Diana, tan confiada en su Lucho: en la primera oportunidad usted ve cómo la defendió. Aunque ella no me quiera tanto como yo la quiero, estoy seguro de que por imposición de nadie me abandonaría así… La entereza y el coraje de mi señora me asombran y en momentos difíciles, como los que estoy pasando, me sirven de ejemplo.

Usted apreciará hasta qué punto se equivocan los que dicen que no tuve suerte en el matrimonio.

En casa me esperaba una sorpresa. Cuando prendí la luz del dormitorio, Diana, que ya estaba en cama, se hizo la dormida. Lo digo con fundamento, porque la sorprendí mirándome con un ojo enteramente despierto. En esa perplejidad me fui a recapacitar a la cocina, donde Ceferina andaba limpiando. Si media un disgusto con mi señora, prefiero no encontrarla, por el fastidio que le tiene.

—¿Qué le pasa? —dijo, y me cebó un mate.

Como si no entendiera pregunté:

—¿A quién?

—¿A quién va a ser? A tu señora. Está rarísima. A mí no me engaña: anda en algo.

XI

A la mañana, cuando vino el profesor, Diana dormía o se hacía la dormida. Es verdad que a mí mismo —aunque no pegué un ojo en toda la noche— el individuo me sorprendió. Cómo habrá llegado de temprano, que todavía no había cantado el gallo de Aldini.

Mi desempeño, en la ocasión, dejó que desear, porque perdí la cabeza. Yo creo que los de antes eran más hombres. Mire qué bochorno: le pregunté a ese Juan de afuera:

—¿Qué hago?

Con su invariable placidez contestó:

—Dígale que estoy a buscarla.

Así lo hice y, usted viera, sin pedir explicación corrió la señora a lavarse y vestirse. Yo pensé que tendríamos para rato, porque en esos menesteres tardan las mujeres más de lo previsto. Me equivoqué: en contados minutos apareció, radiante en su belleza y con la valijita en la mano. Para mí que antes de acostarse ya había preparado las cosas.

Ahora doy en maliciar que tal vez el profesor la apalabró la víspera a la tarde, en la escuela. Vaya uno a saber qué embustes le dijo. Al verla tan engañada le tuve lástima y sentí odio por el profesor. En este último punto fui injusto, porque el mayor culpable era yo, que había prometido amparo a mi señora y me compliqué en la perfidia. Diana me besó y, como una criatura, mejor dicho como un perrito, siguió a Standle.

Ceferina dijo:

—La casa quedó vacía como si hubieran sacado los muebles.

La voz, que siempre le retumba en el paladar, entonces retumbó también en el cuarto. Quizá la vieja habló con mala intención, pero expresó lo que yo sentía.

Al rato empezó a molestar. Se mostró demasiado atenta y afectuosa, llevó el buen humor a notables extremos de vulgaridad y hasta canturreó el tango *Victoria*. Yo pensé con extrañeza en el hecho de que una persona que nos quiere pueda aumentar nuestro desconsuelo. Me fui al taller, a trabajar en los relojes.

XII

Acabábamos de sentarnos a la mesa, la vieja Ceferina muy animada y con el mejor apetito, yo con la garganta cerrada, que no dejaba pasar ni el agua, cuando sonó la campanilla del teléfono. Atendí como tiro, porque pensé que era Diana, que me llamaba para que fuera a buscarla. Era don Martín, mi suegro.

Como el pobre no oye bien, al principio entendió simplemente que su hija no estaba en casa. Cuando se compenetró de que la habíamos internado, le juro que tuve miedo por teléfono. Aparte de que mi suegro se enoja pronto y saca a relucir un genio que impone, para ese entonces la internación de Diana había asumido, incluso para mí, el carácter de una enormidad. Me dije que antes que don Martín se presentara en casa, yo la traería a Diana de un brazo.

—Me voy —anuncié.

—¿Sin comer? —preguntó Ceferina alarmada.

—Me voy ahora mismo.

—Si no comés, te vas a debilitar —protestó—. ¿Por qué dejás que el viejo ese te caliente la cabeza?

Me dio rabia y repliqué:

—¿Y vos por qué escuchás las conversaciones que no te importan?

—Entonces te calentó nomás la cabeza. ¿Te ordenó que fueras a buscar a su hijita? Menos mal que a la vuelta comerás a gusto, porque será ella la que te cocine.

Estas peleas con la vieja me desagradan. Sin contestar palabra, salí.

No había llegado a la esquina cuando se me cruzó el Gordo Picardo. Lo comprobé: cuando uno está más afligido se topa con un fantoche como Picardo y lo que a uno le sucede ya no parece real, sino un sueño. No por eso las cosas mejoran. Uno está igualmente atribulado, pero menos firme en la tierra.

—¿A dónde vas? —preguntó.

Al hablar, es notable lo que Picardo mueve la manzana de Adán.

—Tengo que hacer —dije.

Me espiaba con insistencia, disimulando apenas la curiosidad. Admira pensar que alguna vez lo consideramos una especie de matón, porque ahora no solamente es el más infeliz del barrio, sino también el más flaco.

—La vimos a tu señora esta mañana —dijo—. Salió tempranito.

—¿Qué hay con eso? —pregunté.

No sé por qué recuerdo un detalle del momento: sin querer, yo le veía, en la manzana de Adán, los pelos mal afeitados.

—¿Vas a buscarla? —preguntó.

—¿Cómo se te ocurre? —contesté sin pensar. Me dijo:

—Tenés que probar la suerte en el juego.

—Dejame tranquilo.

—Paso quinielas y redoblonas. Porque supo que tenemos teléfono, me nombró su agente un doctor que a veces para en La Curva. Empiezo a trabajar la semana que viene. —Hizo una pausa y agregó con inesperado aplomo—: Me gustaría contarte entre mis clientes.

Estuve por decirle que ese trabajo no era para infelices, pero quería sacármelo de encima, así que le prometí:

—Voy a ser tu cliente si ahora te quedás acá.

Recuerdo en sus más ínfimos detalles el encuentro con Picardo. En realidad, todo lo que sucedió después de la horrible noche de mi cumpleaños, lo recuerdo como si pasara ante mis ojos. Un sueño se olvida; una pesadilla como ésta, no.

XIII

La escuela de perros ocupa el terreno, espacioso pero irregular, donde estaba, cuando éramos chicos, el gallinero y quinta de Galache. El edificio, como lo llama el alemán, es la vieja casilla, sólo que ahora está más vieja, con la madera reseca —desde los tiempos de Galache no le habrán dado lo que se llama una mano de pintura—, con algún tablón podrido y desclavado. A mí siempre me admiró que la quinta produjera esos duraznos de tan buen aroma, porque todo el paraje estaba cubierto de olor a pollo. Hoy, ese olor es a perro.

No sé por qué me allegué con desconfianza. Usted dirá: «Miedo a los perros». Le aseguro que no. Era una fantasía, la imaginación de que al entrar de golpe yo iba a descubrir un secreto que me traería pesadumbre. Pensé: «Hay que jugar limpio». Le refiero el detalle porque demuestra cómo funcionaba mi mente; antes de saber nada, como si presintiera las pruebas a que me someterían, desvariaba un poco. Pensé: «Hay que jugar limpio» y me puse a golpear las manos. Al rato asomó el profesor. No pareció alegrarse de mi visita.

Cuando pasé al despacho me preguntó:

—¿Quiere café?

Iba a decirle que no, para plantear de una vez mi reclamo; pero me conozco, sé que nervioso no valgo nada, de modo que le dije que sí, para ganar tiempo y ver de serenarme. El alemán salió de la pieza.

Yo no soy de los que se vanaglorian de presentir acontecimientos, pero me pregunto por qué me mostré, desde el principio, tan alterado. Es verdad que el hecho de entregar la señora, más o menos por traición, a un manicomio, basta para perturbar a cualquiera. Yo me decía: «Me asusto de lo que hice», pero le garanto que maliciaba que detrás de eso había algo todavía peor.

En el cuartito faltaba aire. De las paredes colgaban retratos de perros enmarcados como si fueran personas y una acuarela que representaba un barco de guerra, en cuya proa descifré la palabra

Tirpitz. El escritorio del profesor, uno de esos muebles de tapa corrediza y ondulada, como hecha de persiana, estaba abarrotado de papelería amarillenta. La apartó un poco, para poner su tazón de café, una cuchara de sopa y una azucarera enlozada. En el suelo, junto a la silla giratoria, había una caja abierta de Bay Biscuits, azul, colorada y blanca. Era una caja grande, de las que usted ve en los almacenes.

Ahora me figuro que yo miraba esas cosas como si estuvieran vivas.

Me trajo el café en una tacita de porcelana.

—Usted disculpe —dijo—. Aquí no tengo dos tazas iguales y no hay otra cuchara. Además, quién sabe si le gusta el café.

Lo miré sorprendido.

—Porque no es café —explicó—. El café es malo, excitante. El cereal es bueno. ¿Quiere azúcar?

XIV

Fíjese lo que son las cosas: el cereal me dio asidero para sobreponerme.

—Es feo, pero no tiene importancia. —Aparté la tacita—. Ninguna importancia.

—No entiendo —dijo con gravedad.

—Estoy pensando en algo muy distinto.

—Está pensando en la señora.

Entonces fui yo el asombrado. Le pregunté:

—¿Cómo lo sabe?

¿De puro astuto lo adivinaba o yo estaba tan perturbado que sin darme cuenta dejaba ver mis pensamientos? No aclaró nada con la contestación:

—Porque se arrepintió.

—No hay motivo para estar satisfecho —le previne—. Usted hizo un daño. El que hace un daño, lo deshace.

Se extendió en un discurso de tono razonable, pero que resultaba insolente y hasta ridículo cuando la voz, por lo general espesa y grave, se le aflautaba. Machacó, en resumen, sobre los riesgos de la enfermedad y las comodidades del Instituto.

—De oírlo se creería que usted la metió en un hotel de lujo. En un *palace*.

—No le envidia a un *palace*.

Añadió una palabra que sonó como *eslós* o algo así. El no entenderla me ayudó a enojarme.

—A mi señora, usted la saca —grité—. Usted la saca.

Hubo un silencio muy largo.

—Saca, saca —por fin replicó mientras me daba unos golpecitos con la punta del dedo índice, duro como un fierro, en la frente—. Únicamente saco su idea de la cabeza.

Lo miré. Es enorme, un verdadero ropero vestido como una persona.

—Si mi señora, cuando vuelva, tiene quejas, lo hago responsable.

Traté de parecer amenazador, pero la frase me salió conciliadora. Además, al decir «cuando vuelva», tuve miedo de hacerme ilusiones y quedé bastante desesperado.

—Si la saca —contestó— el responsable es usted. Yo no le hago esa mala jugada a la señora Diana. No me presto.

No sé por qué le tomé aun más rabia por la manera en que dijo *presto*. Discutimos un rato. Por último, como un chico a punto de llorar, le confié:

—A mí esta vez me da la impresión de que la perdí para siempre.

Me aborrecí por mostrar tanta debilidad. Standle me aconsejó:

—Si insiste ¿por qué no habla directamente con el doctor Reger Samaniego?

—No, no —dije, defendiéndome.

—Lo más atinado es que usted se vuelva a casita. Ahora.

Salí como sonámbulo. No había llegado a la tranquera de alambre, cuando un pensamiento me alarmó. «A lo mejor el hombre se confunde», me dije y razoné a toda velocidad. «No sabe que me gana en las conversaciones porque es más despabilado. A lo mejor cree que le tengo miedo. Si cree eso, mi señora queda sin la menor protección.» Di media vuelta, volví a la casilla, entreabrí la puerta, me asomé. El profesor parecía de nuevo disgustado.

—Que mi señora no traiga quejas, porque usted y ese doctor la van a pasar mal. —Como abrió la boca y no contestó, le grité—: Si tiene algo que decir, hable.

—No, no —balbuceó—. No habrá queja.

De un trago se bebió ese café que era cereal y que ya estaría tibio. Cerré la puerta. Me fui como un triunfador, pero la satisfacción no duró mucho. Me dije: «Le doy la razón a la pobre Diana. Yo estoy miserablemente ocupado en mi amor propio. Quién sabe si con estas compadradas no demoro su libertad».

XV

Cuando volví a casa ya estaba Adriana María. Quiero decir que estaba para quedarse, con chiquilín y todo. A diferencia de mi suegro, se mostró afectuosa y me felicitó por la actitud «valiente y oportuna». Explicó:

—Mi papá fue siempre el enemigo del manicomio. Cuando falleció mami, juró que ya no había en el mundo un poder capaz de internar a Diana. Mi papá no sospechaba que el maridito era ese poder.

Creo que sonreí satisfecho, pues cualquier aprobación retempla a quien no las oye seguido, pero cambié de ánimo al entender que me felicitaban nada menos que por la internación de la pobre Diana. Protesté como pude.

—Lo que sucede —dijo Adriana María, en el tonito de quien da una explicación completa— es que no sabés cuántas lágrimas he derramado por culpa de ese capricho de mi papá.

—¿Un capricho de tu papá?

—Sí, como oís. La quiere ciegamente a Diana. Repliqué:

—Diana no tiene la culpa de que la quieran.

—De acuerdo. Sos muy justo. Pero vos también estarás de acuerdo en que yo conozco a mi familia. Estoy ¿cómo te diré? familiarizada con ella.

La miré sorprendido y pensé: «No acabo de entender. Cuando estoy más atribulado por la señora, descubro que la cuñada tiene gracia». Me despertó de estas divagaciones una frasecita de Adriana María que oí con notable nitidez:

—Yo me parezco a mami y Diana es el vivo retrato del viejo.

Con una furia que ni un psicoanalista podrá explicarme, en el acto respondí:

—En la familia se parecen todos, pero yo quiero a Diana.

—Desde chiquita —dijo— mi vida fue una lucha. Mientras las compañeras jugaban con muñecas, yo derramaba lágrimas y luchaba. Siempre luché.

—Qué triste.

—¿De veras te parece triste? —preguntó con ansiedad—. Viuda, joven, libre, me comporto de un modo que más de una casada se quisiera. ¿Alguna vez te detuviste a pensar en lo que es mi vida?

Le contesté sinceramente:

—Nunca.

—Mi vida es el vacío enorme que dejó Rodolfo, mi esposo, al fallecer. Te juro por mami que nadie lo llenó hasta ahora.

Me sentí incómodo. A lo mejor comprendí, sin necesidad de pensar mucho, que Adriana María era una persona de afuera, dispuesta a entrometerse donde no la llamaban y que reclamaría toda suerte de atenciones, en momentos en que yo no pedía sino comprensión y calma. Disimulé como pude la contrariedad y en busca de un pecho fraterno, como dice el tango, me largué a la pieza de Ceferina, en el fondo. En la misma puerta se produjo el encontronazo, que no fue duro, porque Ceferina iba cargada de almohadas y de mantas, pero que me desconcertó.

Las personas que nos quieren tienen derecho a odiarnos de vez en cuando. Como si llevarme por delante la hubiera alegrado, comentó:

—No ganamos gran cosa ¿no te parece?

Aunque sabía que lo prudente era callar, pregunté:

—¿Qué te hace decir eso?

—En esta casa me tuvieron siempre para hacer la cama a desvergonzadas.

La voz le silbaba con la rabia.

Le dije:

—Me voy a mis relojes.

Al pasar frente al baño creo que vi en el espejo a Adriana María medio despechugada. Menos mal que no la sorprendió Ceferina, porque hubiéramos tenido tema para rato.

XVI

Me volqué en los relojes empujado por una comezón misteriosa, a lo mejor por la esperanza de que el trabajo me tapara los pensamientos. Cuando faltaba poco para la cena, calculé que si mantenía el ritmo de actividad, para el fin de semana estarían listas las composturas prometidas para fin de mes.

Le tocó el turno al Système Roskopf del farmacéutico. Hablemos de lo que hablemos, don Francisco suelta siempre, como si respondiera a un mecanismo de relojería, sentencias del tipo: «Es mi crédito» o «Ya no se fabrican máquinas como éstas» o, si no, la que para él resume todas las ponderaciones: «Lo heredé del finado mi padre». Mientras desarmaba el reloj, yo pensaba: «Para no contrariar a Standle, permití que la encerraran en el Frenopático. Por algo dice Diana que los maridos, en el afán de quedar bien con el primer llegado, sacrifican a la mujer». No me pregunte qué le pasaba al Système Roskopf: trabajé en esa máquina con la mente muy lejos.

Al rato mis pensamientos y los mismos relojes se me volvieron insufribles. Creo que nuevamente le di la razón a Diana y aun sentí un rechazo por el oficio de relojero. ¿Por qué mirar de cerca detalles tan chicos? Me levanté del banco, anduve por el cuarto como un animal enjaulado, hasta que los carillones empezaron a sonar. Entonces apagué la luz y me fui.

Entré en el comedor, que estaba en la penumbra, con el televisor encendido. Créame, por un instante casi no aguanto la felicidad: de espaldas, frente a la pantalla ¿a quién veo? Usted acertó: a Diana. Ya corría a abrazarla, cuando debió de oírme, o adivinó mi presencia, porque se volvió. Era Adriana María. Debo reconocer que se parece a mi señora; en morena, como le dije, y con notables diferencias de carácter. Al ver que no era Diana sentí contra la mujer tanto despecho que sin proponérmelo comenté a media voz: «No cualquiera toma su lugar». Tranquilamente Adriana María me dio la espalda y siguió mirando la televisión. Entonces pasó algo muy extraño. El despecho desapareció y me invadió de nuevo el bienestar. Ni uno mismo se entiende. Sabía que esa mujer no era mi señora, pero mientras no le viera la cara, me dejaba engañar por las apariencias. Probablemente usted pueda sacar de todo esto consecuencias bastante amargas acerca de lo que Diana es para mí. ¿No es más que su cabello o, menos todavía, la onda de su cabello sobre los hombros, y la forma del cuerpo y la manera de sentarse? Quisiera asegurarle que no es así, pero da trabajo poner en palabras un pensamiento confuso.

Usted dirá que Diana tiene razón, que la relojería es mi segunda naturaleza, que propendo a mirar de cerca los pormenores. Creo, sin embargo, que la escena anterior, insignificante si la recuerdo por separado, junto al resto de los sucesos que le refiero, adquiere sentido y sirve para entenderlos.

XVII

Por una hora larga me refugié de nuevo en los relojes. Cuando volví a la casa, Adriana María mostraba a Ceferina el árbol genealógico de los Irala. Se lo había preparado, a precio de oro, el mismo pelafustán de la Rural que les contó que descendían de un Irala, del tiempo de la colonia. Como dice Aldini, solamente a mí pudo tocarme una familia tan enteramente distinta de cuanto se ve en esta época. Miré por encima del hombro de mi cuñada y al descubrir en uno de los últimos retoños el nombre Diana —figuro a su lado, unido por un guion— me conmoví. Pobre, está lucida, con un flojo como éste. De pronto levanté la vista y vi que Ceferina se reía. Probablemente se reía de la vanidad de mi cuñada, aunque tal vez me sorprendió cuando yo me pasaba la mano por los ojos. Para sorprender las ridiculeces ajenas la vieja es como luz.

Un hecho parecía evidente: en mis tribulaciones más me valía no pedir comprensión a las mujeres que tengo cerca. Ceferina tomó un aire de suficiencia, de preguntar «¿No te lo decía?». A mí me gustaría saber qué me echaba en cara la vieja. Yo no me casé con mi cuñada, sino con mi señora. Usted me dirá: «Es bien sabido, uno supone que se casa con una mujer y se casa con una familia». Le aclaro que si fuera necesario yo me casaría de nuevo con Diana, aunque debiera llevar a babuchas a Adriana María, a don Martín y a Martincito. Por cierto, en aquellos días lamenté de veras que la cuñada fuera tan igual a mi señora. A cada rato la confundía, lo que me sobresaltaba con la ilusión de tenerla de regreso a Diana. Me decía: «Voy a poner mi voluntad en que no me engañe otra vez». Créame, en mi situación, no conviene una persona parecida en la casa, porque todo el tiempo le recuerda a usted la ausencia de la verdadera.

A lo mejor ya le conté que soy un poco maniático; no aguanto, por ejemplo, el olor a comida en la ropa ni en el pelo. Diana siempre me embroma, me dice que tal vez no me interesen los antepasados, pero que tengo delicadezas de niño bien. Vaya uno a saber qué guisaba esa tarde Ceferina; lo cierto es que usted hacía de cuenta que tomaba su baño turco en el vapor del ajo. Debí de quejarme, porque Adriana María me preguntó:

—¿Te molesta el olorcito? ¡A mí me da un hambre! Si querés, venite a mi pieza.

Antes de salir miré para atrás. Ceferina me guiñaba un ojo, aunque sabe perfectamente que a mí no me gusta que la gente piense disparates. La contrariedad se me habrá visto en la cara, porque Adriana María me preguntó con la mayor preocupación:

—¿Qué le sucede al pobrecito? —Apoyó las manos en mis hombros, me miró fijamente, sin titubear cerró la puerta de una patada e insistió con una voz muy cariñosa—. ¿Qué le sucede?

Yo quería librarme de sus brazos y salir de la pieza, porque no sabía qué decirle. No podía mencionar el guiño de Ceferina sin reavivar el encono entre las dos mujeres y a lo mejor sin dar a entender que desaprobaba, como una falta de tino, el hecho tan inocente de cerrar la puerta. De modo que no alegué el motivo del momento, sino el de toda hora. Obré así en la inteligencia de asegurarme la simpatía de mi cuñada.

—Me pregunto si no es una barbaridad —murmuré.

Debí de estar pálido, porque se puso a fregarme como si tratara de excitar, en todo mi cuerpo, la circulación de la sangre.

—¿Dónde está la barbaridad? —exclamó, de lo más contenta.

—¿Vos creés que fue indispensable?

—¿Que fue indispensable qué?

Pronunció por separado cada palabra. Parecía una boba.

—Encerrarla en el Frenopático —aclaré.

No entiendo a las mujeres. Sin causa aparente, Adriana María pasó de la animación al cansancio. Un doctor que la veía a mi señora me dijo que eso ocurre cuando baja de golpe la presión de la sangre. Ahora mi cuñada parecía postrada, aburrida, sin ánimo para hablar ni para vivir. Yo estaba por aconsejarle que se vigilara la presión, cuando murmuró, tras visible esfuerzo:

—Es por su bien.

—No estoy seguro —contesté—. Quién sabe lo que sufre la pobrecita, mientras nosotros hacemos lo que se nos da la gana.

Rio de un modo extraño y preguntó:

—¿Lo que se nos da la gana?

—Una internación, che, te la regalo.

—Ya pasará.

—No hay que llamarse a engaño —insistí—. La pobrecita está en un manicomio.

En un tono que me cayó bastante mal, replicó:

—Dale con la pobrecita. Otras no tienen la suerte de que les paguen un manicomio de lujo.

—Un manicomio es un manicomio —protesté.

Me contestó:

—El lujo es el lujo.

Yo había concebido la esperanza de entenderme con ella, de que fuera una verdadera hermana en mi desolación, pero usted ve las enormidades que decía. Me reservaba, todavía, una sorpresa. Cuando un reloj de cuco empezó a dar las ocho, se retorció como si algo la sacara de quicio y gritó destempladamente:

—No vuelvas a cargosear con esa mujer.

Como lo oye: a su propia hermana la llamó *esa mujer*.

Sin contestar palabra salí del cuarto. Adriana María debía de estar furiosa, porque levantó la voz y muy claramente masculló «podrida», «hasta cuándo», «qué le verá». No me di por enterado y me alejé.

En el corredor tropecé con Ceferina, que inmediatamente me preguntó:

—¿Así que no le hiciste el gusto?

En un arranque de rabia respondí:

—Esta noche no ceno en casa.

XVIII

No es por agrandar las cosas, pero le aseguro que en una situación como la mía, sin un confidente que me escuche y me aconseje, la soledad se vuelve ingrata. Dígame a quién podía yo recurrir para desahogarme. Por motivos incomprensibles, mi cuñada había tomado entre ojos a Diana. Ceferina, para qué engañarse, nunca la quiso. El chiquilín era un chiquilín. Mi suegro —el pobre no estaba menos contrariado que yo— me echaba la culpa de la internación y me aborrecía. Recuerdo que reflexioné: «Si por lo menos tuviera un perro, como el Rengo Aldini, podría conversar de mis penas y consolarme. A lo mejor si le hacía caso a Diana, cuando clamaba por comprar uno, hubiera evitado desgracias».

No bien salí a la noche lamenté el arranque de rabia y me pregunté qué haría con mi persona. Menos mal que en medio de tanta desventura no había perdido enteramente la disposición para comer, porque acodado en una mesa, en cualquier fonda, uno pasa el rato más entretenido que dando vueltas por la calle.

Quizá porque había pensado en Aldini, lo encontré en La Curva. Yo no veía otra explicación. Alguna vez Diana me hizo notar que el hecho es bastante común.

—¿Vos aquí? —pregunté.

Aldini estaba solo, frente a un vaso de vino.

—Tengo a la señora enferma —contestó.

—Yo también.

—Después dicen que no hay casualidades. Elvira, si me quedo en casa, no entra en razón y me prepara la cena. Para que no haga desarreglos, le mentí.

—No digas.

—Le inventé que los amigos me invitaron a cenar. No me gusta mentirle.

Yo le dije:

—Te invito, así no le has mentido.

—Cenamos juntos. No tenés por qué invitar.

Traté de explicarle que si no lo invitaba habría mentido a la señora, pero me enredé en la argumentación. Pedimos guiso.

—Nunca pensé que te encontraría en La Curva —aseguré sinceramente.

—Después dicen que no hay casualidades —contestó.

—¿Casualidades? —pregunté—. ¿Qué tienen que ver las casualidades?

—Los dos en La Curva. Los dos con la señora enferma.

Reconocí:

—Tenés razón.

Es inteligente Aldini. Repitió varias veces:

—Los dos con la señora enferma.

—Uno anda desorientado —observé.

Como tardaban con el guiso, vacié la panera. A la altura de mi nuca alguien habló:

—No le hagan caso al hipocritón este —me volví; era el Gordo Picardo, que me apuntaba con el dedo y que decía—: De contrabando metió en la casa a la cuñada, que es el vivo retrato de la señora.

Guiñó el ojo (como Ceferina, un rato antes), no esperó a que lo invitáramos, tomó asiento, pidió una porción de guiso y con aire de gran personaje dio sus dos o tres pitadas al cigarrillo medio aplastado que Aldini había dejado en el cenicero.

Desde los billares avanzó a nuestra mesa un señor rubio, cabezón, de estatura por debajo de la normal, fornido en su traje ajustado. Entiendo que estaba peinado con gomina y parecía muy limpio y hasta lustroso. A la legua usted notaba que era de los que se manicuran en las grandes peluquerías del centro. Con apuro el Gordo Picardo lo presentó:

—El doctor.

—El doctor Jorge Rivaroli —aclaró el individuo—. Si no es inoportuno los acompaño.

Picardo le arrimó una silla. Como si nos faltara el tema, hubo un largo silencio. Yo seguía comiendo pan.

—El tiempo se muestra variable —opinó el doctor.

—Lo peor es la humedad —respondió Aldini.

Picardo me dijo:

—Prometiste que ibas a interesarte, a lo mejor, en redoblonas.

—No juego —contesté.

—Bien hecho —aprobó el doctor—. Hay demasiada inseguridad en este mundo para que todavía agreguemos un juego de azar.

Picardo me miró ansiosamente.

—Vos prometiste —insistió.

Lo disuadió el doctor:

—No hay que aburrir a la gente, Picardito.

—¿Y para beber, señores? —preguntó el patrón, don Pepino en persona, que se largó a nuestra mesa en cuanto vio a Rivaroli.

—Para todo el mundo Semillón —ordenó el doctor—. Tinto, se comprende.

Prefiero el vino blanco, pero no dije nada.

—Medio sifón de soda —agregó Aldini.

Aunque infeliz a más no poder, Picardo no deja de ser avieso.

—El señor tiene a la señora enferma —explicó, señalándome— pero que no se queje, porque metió en casa a la cuñada que es igualita.

—No es lo mismo —protesté.

Todos se rieron. Con la respuesta yo daba entrada a la discusión de mis intimidades, lo que me desagradaba profundamente. Picardo comentó:

—Apuesto que en la oscuridad la confundís con tu señora. Por algo dicen que en boca de los locos se oye la verdad.

—A mí —observó pensativamente Aldini, y yo le agradecí que distrajera la atención hacia él— en la luz de la tarde me pasa una cosa bastante rara. Si la cuento se van a reír.

Por lealtad le aconsejé:

—No la cuentes.

—¿Por qué no la va a contar? —preguntó el doctor y sirvió una vuelta de Semillón—. Entiendo que estamos entre amigos.

Aldini confesó:

—Tal vez porque la vista se me nubla, cuando hay poca luz, veo a mi señora más linda, no sé cómo decirles, como si fuera joven. Una cosa bastante rara: en esos momentos creo que es como la veo, la muchacha que fue cuando joven, y la quiero más.

—¿Y si te calzás los anteojos? —preguntó Picardo.

—Qué querés, aparecen detalles que más vale pasar por alto.

—No te reconozco —dije—. Generalmente no pecás de indiscreto.

—Bueno, che —protestó—, un día puedo estar medio alegre.

Hablando engoladamente apuntó el doctor:

—El señor es un enamorado de la belleza.

Picardo me señaló con el dedo:

—Ése también. Si no me cree, doctor, pregunte por la señora y la cuñada que tiene. Mandan fuerza.

—No molestes, Picardito —amonestó el doctor.

—Yo no hincho —protestó Picardo—. ¿A que no sabe, doctor, qué le pasa al pobre sujeto? En contubernio con un alemán que enseña a los perros metió a la señora en el loquero y ahora está arrepentido.

El doctor me pidió sinceramente:

—Tómelo como de quien viene. Usted sabe, además, que Picardito no es malintencionado.

—Mire —le contesté—, no hago caso, porque lo conozco a Picardo; pero de que es malintencionado no le quepa duda.

—La mala entraña le sale del alma —me apoyó el mozo, mientras ofrecía otra vuelta de guiso.

Picardo insistió:

—Ahora anda como alma en pena, porque se arrepintió y quiere sacarla del loquero.

¿Cómo se había enterado? Mi eterna prédica: en el pasaje toda noticia de algún modo se filtra.

—Perdone que me inmiscuya —dijo Rivaroli—. ¿Puedo preguntar algo?

Francamente, yo no quería que el individuo se mezclara en mis asuntos. Por no encontrar la manera de decir que no, dije que sí.

—Nadie mejor para darte una mano, si realmente querés sacar a la señora —observó Picardo.

Yo debía de estar bastante nervioso, porque fue una enormidad lo que esa noche comí de guiso y de pan, sin contar que me pasé con el Semillón.

—Motivaciones de ética profesional me inducen a someterle a una pregunta —aclaró el doctor—. ¿Usted recuerda si ha extendido la autorización pertinente?

—¿Pertinente?

—Para la internación de su cónyuge.

—Yo no firmé nada —contesté.

—Se portó —me dijo—. Nunca se firma nada. ¿Sabe si la señora dio su autorización por escrito?

—No, eso no sé.

—Si no la dio, tenemos el punto de apoyo y actuamos.

Trajeron la cuenta.

—Yo pago —dijo el doctor.

—No, yo pago —repliqué— lo de Aldini y lo mío.

Con entusiasmo comentó Picardo:

—Ya verás cómo el doctor los hace bailar en la cuerda floja.

No aclaró a quiénes.

—Estoy a su entera disposición —me aseguró el doctor mientras salíamos—. En el momento competente me lo despacha a Picardito, para que me avise. Le garanto que le salgo más barato que la internación, con la ventaja de tener a la señora en casa.

Como había empezado a lloviznar, el doctor se ofreció para llevarnos en el coche. Aldini y yo no le permitimos que se molestara, porque después de tanta sociabilidad estar a solas entre amigos es un verdadero descanso. Nos encaminamos al pasaje. La llovizna se convertía en aguacero, la renguera de Aldini demoraba la marcha, la ropa se empapaba y llegué a preguntarme si más no hubiera valido aceptar la invitación de Rivaroli. Debajo de una cornisa esperamos que pasara el chubasco. Aldini, de pronto, me dijo:

—No te metás con abogados. Te van a sacar hasta las plumas.

—Hay que ser justo —contesté—. En un punto le doy la razón a Picardo. Si quiero que me la devuelvan a Diana, no debo poner dificultades.

—Me pregunto si la conversación de esta noche no te compromete. Es una pregunta.

—No le dije que sí.

—Ni que no. A un bicho como ése, mejor no tenerlo de enemigo. Tampoco a los del loquero.

—Bueno, che, hay que elegir. Si quiero sacarla, con alguien voy a quedar mal.

—¿Vos creés que tu señora le habrá dado la autorización al alemán?

—¿Por qué iba a dársela?

—No sé. Pregunto.

—Preguntás por algo.

La lluvia paró un poco, así que seguimos la marcha, Aldini resuelto a caminar despacio, yo tirándolo de un brazo, lo que era increíblemente cansador. Cuando cruzamos la calle, el Rengo se negó a saltar el agua, o no pudo, y se mojó hasta las pantorrillas. Observó reflexivo:

—Si después resulta que la firmó, quién sabe las complicaciones en que te mete el abogado.

—¿Vos creés?

—Calumnia o lo que sea. —Tras un silencio, agregó—: No me gustaría tener de enemigos a los del loquero.

Habíamos llegado al pasaje. Las cavilaciones de Aldini me habían aburrido.

—Y, che, con alguien voy a quedar mal —comenté—. Ahora me voy a la cucha, porque me caigo de sueño.

—Feliz de vos. Yo todavía tengo que pasear a

Malandrín, amén del tecito que habrá que prepararle a Elvira.

En casa todo el mundo estaba con la luz apagada. Por culpa del guiso pasé la noche soñando pesadillas y disparates.

XIX

Si le cuento que a la otra mañana Ceferina me trató con notable consideración a lo mejor no me cree. Sin embargo le digo la pura verdad. Por algo repite don Martín que el humor de la mujer es tan variable como el clima de Buenos Aires.

Estábamos mateando cuando le dije a Ceferina:

—Si viene algún cliente, hasta la tarde no estoy en el taller.

Ceferina comentó con mi cuñada:

—Como lo oíste: ahora se pasa la mañana afuera.

Hacía de cuenta que yo no estaba ahí, pero usted no vaya a suponer que habló con desprecio. A la legua se le notaba el tonito de admiración y desconcierto. Juraría, además, que las dos mujeres no estaban tan enemistadas como de costumbre. ¿Quién las entiende?

—¿Dónde vas? —preguntó Adriana María.

—Vuelvo a almorzar —contesté.

Se miraron. Casi les tuve lástima.

Como el tiempo había cambiado, caminé con

ganas, de modo que llegué bastante pronto a las inmediaciones del Instituto Frenopático. Le confieso que me recosté contra la verja de la Clínica de Animales Pequeños, porque a la vista del Instituto el coraje empezó a flaquear; yo no temía por mí. Desconfiaba de mi habilidad para argumentar y para convencer y me preguntaba si con la visita al director no empeoraría la situación de Diana; si todavía la pobre no pagaría mis torpezas y desplantes.

Es claro que al temer por Diana, temía por mí, porque no puedo vivir sin ella. Creo que la misma Diana me dijo una vez que todo amor, y sobre todo el mío, es egoísta. Por otra parte, si yo no le hablaba a Samaniego, me exponía a que el día de mañana Diana me reprochara: «No sacaste la cara por mí».

Como pude, templé el ánimo, crucé a Baigorria y llamé a la puerta del Instituto. Un enfermero me hizo pasar al despacho del doctor Reger Samaniego, donde, después de esperar un rato, me recibió personalmente su ayudante, el doctor Campolongo. Se trata de un individuo de cara afeitada, muy pálida y redonda, tan peinado que usted supone que echó mano a compás y regla para distribuir los pelos.

Primer detalle que no me gustó: en cuanto me tuvo ahí, cerró la puerta con llave. Había otra puerta que daba adentro.

Le podría inventariar ese despacho que mientras viva no olvidaré. A la derecha descubrí uno de esos relojes de pie, de madera oscura, marca T. Derême, que si usted les brinda la atención que merece toda máquina son, por lo general, puntuales. El del Instituto estaba parado en la una y trece, desde quién sabe cuándo. A la izquierda había un fichero metálico y una pileta de lavar, con su repisa, donde divisé varias jeringas para inyecciones. En el centro estaba el escritorio, con un recetario, algunos libros, un teléfono, un timbre en forma de tortuga con el caparazón de bronce. El escritorio era un mueble de madera negra, muy labrada, con una guarda de cabecitas con expresión y todo, un trabajo de mérito, pero que me repelía un poco, porque debía de traer mala suerte. Había también sillones, con el respaldo y el asiento en cuero repujado, muy oscuro y con las mismas cabecitas de la mala suerte. En la pared del fondo, entre diplomas, había un cuadro con personajes trajeados con túnica y casco.

Me dijo Campolongo:

—Va a tener que perdonar al doctor Reger Samaniego. No puede atenderlo. Está en el quinto.

—¿En el quinto?

—Sí, en el quinto piso. En cirugía.

—No sabía —le contesté, para ocultar mi contrariedad— que ustedes hicieran operaciones.

—La cirugía —me explicó, satisfecho— hoy por hoy enriquece el arsenal de la terapéutica psiquiátrica de avanzada. ¿En qué puedo serle útil, señor Bordenave?

—Venía por noticias de mi señora.

Campolongo abrió un cajón y se puso a revisar fichas, lo que le llevó un tiempo que me pareció interminable. Por fin, dijo:

—Las noticias, *grosso modo*, son buenas. Yo diría que su señora responde favorablemente al tratamiento.

Para no precipitarme, porque el próximo paso era decisivo, le hice una pregunta de relleno:

—¿Qué significa ese cuadro?

—Un motivo romano. El doctor Reger Samaniego se lo explicará. Creo que es un rey con su mujer.

Armándome de coraje, aproveché la coincidencia y pregunté:

—¿Usted cree, doctor, que yo podría ver a la mía?

Sin apresurarse, Campolongo guardó las fichas, cerró el cajón y me dijo:

—En este caso particular, la visita de cualquier persona allegada a la enferma me parece poco recomendable. Desde luego, no excluyo la posibilidad de que el doctor Reger Samaniego opine de otro modo y acceda, estimado señor Bordenave, a su amable pedido.

—Si le parece lo espero al doctor.

—Mucho me temo que no pueda verlo.

En resumen, con su aire amistoso, había dicho que no primero y en seguida, para engañarme, que tal vez y por último que no. Cuando uno se ha hecho la ilusión de ver a una persona que extraña, si le dicen que no la verá, la congoja es muy grande. Sobreponiéndome a medias, le pregunté:

—¿Se halla usted en condiciones de adelantarme una fecha aproximativa de la vuelta a casa de mi señora?

Campolongo me aseguró:

—Al respecto no puedo contestar, ya que todo dependerá, y usted lo entiende perfectamente, de cómo la enferma responde al tratamiento.

—¿Debo resignarme —le pregunté— a volver a casa con las manos vacías?

Con un aire de cortesía extrema, Campolongo sonrió y se inclinó.

—Correcto —dijo.

A lo mejor pensaba que yo estaba muy conforme.

—Lo que sucede —le previne— es que no me voy a resignar.

Me miró sorprendido.

—Tendrá que hablar con el doctor Reger Samaniego.

—¿Cuándo? —pregunté.

—Cuando el doctor lo reciba.

—Mientras tanto queda mi señora encerrada y yo no la veo.

—No se ponga nervioso.

—¿Cómo no me voy a poner nervioso? Yo creí que mi señora no estaba presa.

—Está enferma.

—Yo no sabía que el sanatorio fuera una cárcel.

—No se ponga nervioso.

—Si me pongo nervioso ¿me mete adentro?

Pensé: «Por lo menos la tendré más cerca a Diana».

Campolongo se levantó del sillón, rodeó el escritorio suavemente, como si yo durmiera y él no quisiera despertarme, y se arrimó a la pileta de lavar. Mientras tanto repetía de manera mecánica:

—No se ponga nervioso.

Hablaba como quien trata de serenar y entretener a un chico enfermo o a un perro.

—Si me pongo nervioso ¿me aplica una inyección? ¿Un calmante? Pobre de usted. Le clausuro el local.

Campolongo se detuvo para mirarme. Sospecho que mis palabras lo enojaron, por el modo en que dijo:

—No amenace.

—¿Y usted qué se ha creído? ¿Que me va a decir lo que tengo que hacer y lo que no tengo que hacer? Vaya sabiendo que mi abogado está perfectamente al tanto sobre esta visita. Si no llamo al mediodía, actúa.

—¿Un abogado? ¿Quién es?

—A su debido tiempo sabrá quién es.

—No se ponga así.

—¿Cómo quiere que me ponga?

—Le sugiero que fije una entrevista, para hoy o mañana, con el doctor Reger Samaniego. A lo mejor lo deja ver a la enferma.

Porque ya no esperaba nada, tomé estas palabras conciliadoras como la rendición incondicional. Para estar seguro pregunté:

—¿Me habla sinceramente?

—¿Cómo no le voy a hablar sinceramente?

—¿Usted cree que Samaniego me dará permiso?

A mí mismo la pregunta me pareció bastante servil. Campolongo recuperó el tono de superioridad.

—Mi buen señor —dijo— eso ya lo veremos. Yo le expuse mi opinión de profesional probo. Si el doctor Reger Samaniego resuelve otra cosa, no soy yo quien va a oponerse. ¡El doctor sabe lo que hace!

—Por mi parte le aconsejo que arreglen el reloj —señalé el T. Derême—. Un reloj que no camina causa mala impresión. Uno piensa: Aquí todo marcha igual.

¿Qué gano con decir impertinencias que la gente no entiende? Campolongo me escuchó impávido, quizá furioso, pero ya se había dado el gusto de negármela a Diana y de llamarme, encima, su buen señor. Retomé el camino de casa con el ánimo por el suelo.

XX

Cuando llegué, Adriana María andaba ocupada en la limpieza, Martincito no había vuelto de la escuela ni Ceferina del mercado. Entré en mi cuarto, me envolví en el poncho azul y negro que Ceferina me regaló para el casamiento y me tiré en la cama. La temperatura estaba en franco descenso o tal vez el disgusto en el Frenopático me había destemplado.

Al rato, sin golpear la puerta, entró Adriana María. Me sorprendió, porque ahora estaba de entrecasa, realmente en paños menores, lo que en una mañana como ésa resultaba incomprensible.

—¿No te vas a resfriar, che? —le pregunté.

—La casa está caliente y ¿qué querés? todavía tengo la sangre joven.

—Qué va a estar caliente —repliqué—. Andar ventilándote no tiene sentido.

Adriana María resopló, se dejó caer en una silla, entre la cama y la ventana, y me miraba con expresión de curiosidad.

—¿Qué te pasa? —preguntó.

—Nada —le dije.

—¿Estás enfermo?

—¿Cómo se te ocurre? Estoy perfectamente.

—¿Te cansaste?

—Un poco. La que está con aire decaído, triste si se quiere, sos vos —le dije—. ¿Te pasa algo?

—Estoy con cuidado porque el chico todavía

no volvió de la escuela —dijo. Sonrió y me preguntó en un tono distinto—: ¿Soy una pesada? ¿Te aburro?

—Te aseguro que no.

La miré para que me creyera y me encontré con un cuadro de sofocación: tirada sobre la silla, con las piernas abiertas, descompuesta, despechugada. Cerré los ojos. Estaba tan rara que me asombró su voz, perfectamente normal, cuando me preguntó:

—¿Lo que ahora menos deseás en el mundo es una mujer?

—¿Por qué lo decís?

—Fijate que no te culpo. ¿Sabés una cosa? Yo también tengo sangre torera.

Me sentía mal, estaba tristísimo, pensaba en mi señora, que no vería hasta quién sabe cuándo y esta mujer, con esa facha, me decía disparates que no tenían la menor ilación.

Le aseguré:

—No tengo sangre torera.

Era inútil protestar. Adriana María me preguntó:

—¿No será mejor lo que tenés en casa?

Iba a decirle francamente que no entendía, cuando abrí los ojos, por curiosidad o por miedo. El espectáculo no era tranquilizador. Con la respiración entrecortada, agitándose de un lado para otro, mi cuñada me trajo a la memoria al Gaucho Asadurián, en el cuadrilátero del Luna Park, segundos antes de emprender el ataque. Al revolver la cabeza, como si le faltara el resuello, debió de sorprender algo a través de la ventana, porque se paró a toda velocidad. Yo me acurruqué instintivamente, pero Adriana María ya estaba fuera del cuarto y me gritaba por lo bajo:

—¡Martincito! ¡Martincito!

Usted se reirá si le cuento que en el silencio de la pieza oí el golpeteo de mi corazón. Por último atiné a consultar el Cronómetro Escasany. El chico había regresado de la escuela con una puntualidad encomiable. Toda esa alharaca del cuidado porque no venía resultaba, pues, injustificada.

No tuve tiempo de acomodar la mente a mis preocupaciones, porque otra visita apareció en el cuarto, nada más que para mortificarme. Era el chiquilín. Como su madre, antes de entrar, no pidió permiso. Todos los Irala se parecen, pero Diana es la reina de la familia.

El chiquilín se plantó en medio de la pieza, de brazos cruzados, tenso, furibundo, extraordinariamente quieto. Parado así, con su delantal, que le queda largo, porque la madre prevé un tirón de crecimiento que no se produce, me recordaba no sé qué lámina de un general en el destierro, mirando el mar. Martincito me miraba a mí, con aire severo, casi amenazador y desde arriba, lo que le costaba trabajo, porque si no me equivoco, él parado y yo en la cama, somos de la misma altura. Como si no se contuviera, daba un pasito de vez en cuando y trastabillaba en el apuro de retomar la rigidez. Creo que producía una especie de zumbido. Empecé a cansarme de tenerlo a mi vista y paciencia, de modo que le dije:

—Che, parecés una estatua.

En realidad parecía un monito rabioso, cuando se arrimó a la cama, como si quisiera atacarme, y de un rápido manotón me arrancó el poncho, que aleteó en el aire como un pajarraco azul y al caer me envolvió de oscuridad. No sabe lo que luché para desenredarme. Cuando por fin saqué la cabeza, lo encontré a Martincito completamente cambiado, nada amenazador, más bien hundido de hombros. Abría la boca y me miraba con desconcierto.

—Ya me tiene cansado tu pantomima —le dije.

Salté de la cama, lo tomé de un brazo y lo puse afuera. No bien lo solté, se volvió para mirarme con la boca abierta.

Por si acaso yo también me miré, porque recordaba pesadillas en que uno se cree vestido y de pronto se encuentra desnudo. Yo estaba despierto, con el traje arrugado pero decente.

XXI

Como tenía hambre, fui a la cocina, a buscar un pedazo de pan. Salí a la vereda, para estar solo, pero lo encontré al Rengo Aldini, estacionado con el perro. No vaya a creer que me disgusté; las que me tienen cansado son las dos mujeres. El sol reconfortaba.

—Dame un pedazo de pan —dijo Aldini.

Mascamos en perfecto silencio. Al rato no pude contenerme y referí con lujo de detalles la conversación con el doctor Campolongo.

—El médico me dijo que mi visita podía hacerle mal a Diana. ¿Vos creés en ese disparate?

—He oído que la visita de los allegados hace mal a estos enfermos.

—Che, me parece que yo no soy un allegado —respondí con legítima suficiencia.

—Yo que vos no le daría pie a Rivaroli para que se meta.

—Y a Reger ¿lo llamo por teléfono?

—Más pan —dijo Aldini y extendió la mano. Comió pensativamente. Insistí:

—¿Lo llamo?

—No —dijo—. Yo me aguantaría.

—Muy fácil, aguantarte. No es Elvira la que está encerrada.

—Te doy la razón —concedió— pero no te conviene llamar a Reger.

—¿Por qué?

—Porque si lo llamás, el juego está sobre la mesa y a lo mejor tenés que actuar.

—¿Cómo?

—Ahí está lo que no sabemos. Por eso, mejor no llamarlo.

—Tengo ganas de llamarlo.

—Si no conseguís que te atienda o si te dice redondamente que no, te ves en la triste necesidad de recurrir al abogado, para que no te lleven por delante los médicos.

—¿Vos creés que si no hago nada la protejo a Diana?

—Claro. Si no llamás, no saben qué estás preparando y se apuran a devolverla, para ponerse a cubierto.

Aldini siempre descolló por la inteligencia.

A gritos las mujeres me dijeron que se enfriaba el almuerzo.

XXII

A la tarde me refugié en el taller, donde me sobraba el trabajo, porque en esos días me trajeron una enormidad de relojes. Con la plata ganada yo le hubiera brindado a Diana la vida de lujo que ella no se cansaba de reclamar, pero el miserable dinero entraba cuando mi señora no podía aprovecharlo.

Lo de siempre: bastó que me dispusiera a calentar el agua del mate, para que llamaran a la puerta. Apareció un señor de edad, escoltado por dos peones que traían, en una especie de camilla hecha de palos, el reloj de la fábrica Lorenzutti. Me explicó el señor que él era el capataz, que el reloj no andaba desde hacía años y que ahora lo quería, en perfecto funcionamiento, para una fiesta que daban el domingo. Le dije que lo llevara a otro relojero, que a mí francamente me sobraba el trabajo (lo que una vez dicho me pareció una soberbia de las que pueden traer mala suerte). El capataz no cedió un punto y me preguntó de un modo que me resultó desagradable:

—¿Cuánto me pide por el reloj para el sábado?

—No se lo tomo por cincuenta mil pesos —le dije, para darle a entender que lo rechazaba de plano.

—Trato hecho —contestó.

Antes que yo protestara, se había ido con los peones.

No me quedó otro remedio que pasar a la mesa de al lado el trabajo que tenía sobre la mesa de compostura y desarmar el reloj de la fábrica. En una amarga corazonada me pregunté si todo el dinero que porfiaba en llegar con esa abundancia no sería por último inútil. Una ansiedad prolongada lo aflige al hombre con supersticiones y cábulas.

Ya había puesto el agua a calentar, cuando llamaron de nuevo a la puerta. Recuerdo que me pregunté si ahora me traerían el Reloj de los Ingleses. Era Martincito, que venía con un libro.

—Regalo de abuelo, porque saqué buenas notas. Quiero que me lo leas.

—Tengo que desarmar este reloj.

—¡Qué pedazo de reloj!

—El que está en la Torre de los Ingleses.

Martincito lo miraba deslumbrado, mientras distraídamente paseaba las manos alrededor de los relojes de la otra mesa. Pensé que no tardaría en tocarlos.

—Cuidado con los relojes de los clientes —le previne.

Si le doy su merecido, aunque el chico se haya portado mal, Diana, cuando vuelve, no me perdona, porque lo quiere como si fuera su hijo. ¿Volvería Diana? Si estaba distraído, contaba con su regreso, pero si me ponía a pensar, no estaba seguro.

—A mí me parece que no es un libro para varones. Abuelo, que es el gran tacaño, a lo mejor ya se lo regaló a mamá y a tía Diana cuando eran chicas.

—¿Por qué decís que no es un libro para varones?

—Hay un príncipe transformado en animal. Si consigue que una chica lo quiera, vuelve a ser príncipe.

—No digas —le dije.

Me dijo que si no creía lo leyera. Le prometí hacerlo. Insistió:

—Empezá ahora.

Tuve que obedecer. Confieso que el libro me interesó bastante, porque el animal por último consigue que una señorita lo quiera y vuelve a ser príncipe.

—Me gusta.

—¿Por qué mentís? —preguntó.

—No miento. Te juro que yo también era una bestia hasta que la conocí a tu tía Diana.

Me tenía irritado, porque volvía a pasear los dedos entre los relojes. Yo sabía que pensaba en otra cosa pero, al descubrir cuál era, quedé sorprendido. Me dijo:

—Mamá es mala. No la quiere a tía Diana. Yo la quiero.

Por poco se me cae de las manos medio reloj de Lorenzutti.

—¿La querés a Diana? —le pregunté.

—Más que a nadie. ¿Quién no la va a querer?

—Yo también la quiero.

—Ya sé. Por eso vos y yo tenemos que ser amigos.

Decía la verdad Martincito. En aquel momento yo le hubiera ofrecido el Système Roskopf del boticario, para que jugara.

—Tenemos que ser amigos —le dije.

Miró para todos lados y me preguntó:

—¿Te animás a firmar un pacto con tu sangre?

—Es claro que sí.

—Tengo que decirte algo.

—Decilo.

—¿No le vas a contar a nadie en el mundo lo que te diga?

—A nadie en el mundo.

—¿Tampoco a mamá?

—Tampoco.

—No le hagás caso a mamá, porque todo el tiempo quiere separarte de tía Diana.

—Nadie me va a separar de tu tía Diana.

—¿No le vas a hacer caso a mamá? Jurame.

Yo juré.

XXIII

A la noche varias veces pasó frente a mi puerta Adriana María en paños menores. De pronto no me contuve. Me levanté y la llamé, con un dedo sobre los labios, para indicarle que no hiciera ruido. Vino en el acto. Mirándola de tan cerca podía imaginar que era mi señora. Le dije:

—¿Te pregunto una cosa?

Me dijo que sí. Cuando yo estaba por hablar, puso un dedo sobre los labios, para indicarme que no hiciera ruido, me tomó del brazo, me llevó hasta el centro del cuarto, fue en puntas de pie a cerrar la puerta, volvió y me miró de un modo que, sinceramente, me dio la seguridad de que nos entendíamos.

—La vieja —explicó— tiene oído de tísico. Decime lo que quieras. Animate.

Me animé y le dije:

—¿Vos creés que si yo la visito le hago mal a Diana?

Como si hubiera perdido el oído, preguntó:

—¿A quién?

—A Diana. Es lo que me dijo un médico del Frenopático.

Habló con una vocecita despreocupada:

—¿Esta mañana fuiste al Frenopático? —Antes que yo abriera la boca, estaba gritándome sin inquietarse mayormente de que Ceferina la oyera—: ¿A mí que me importa que le haga bien o mal? Yo siempre te creí más hombre, pero te juro que ahora la comprendo a mi hermana y hasta la compadezco y de todo corazón la felicito si lo ha seguido al profesor de perros.

—¿Qué estás diciendo? —le pregunté—. Ahora mismo vas a explicarte.

Contestó:

—Sos terco, pero de hombre no tenés nada.

La furia por momentos la hacía aparecer descompuesta y hasta indecente, lo que me desagradaba, porque era tan igual a Diana. Me dijo que no me decía nada más, para que yo no me pasara la noche llorando en las polleras de la vieja.

Desde luego pasé la noche cavilando, revolviéndome en la cama. De repente grité: «¿Qué puede importarme ese arranque de furia contra mí, si Diana está encerrada en el Frenopático?». No había terminado la frase, cuando me sobresaltó una duda. «¿O no está encerrada? ¿Qué sugirió Adriana María?» La nueva sospecha aclaraba tal vez mi conversación de la mañana con el doctor Campolongo. «Se mostró contrario a que yo la viera», me dije, «por la simple razón de que Diana no estaba en la clínica. Para alejarme definitivamente inventó el disparate de que mis visitas le harían mal.»

De noche el hombre piensa de manera extraña. Considera creíble todo lo que es amenaza y espanto, pero descarta sin dificultad los pensamientos que pueden calmarlo. Así yo encontré, durante horas, de lo más natural que los médicos, aunque Diana no hubiera pisado el Instituto, dijeran que la tenían internada. ¿Para qué? Para encubrir a un profesor de perros. El juramento hipocrático exige otra responsabilidad.

Soy tan loco y miserable que al llegar a la conclusión de que Diana estaba en el Instituto, por un momento me alegré.

Cuando ya me dormía, oí pasos en la granza del jardín. Me quedé quieto, para oír mejor. Como el de afuera tampoco se movió, hubo un silencio perfecto. «El que se canse primero, se va a mover», pensé. Debió de cansarse el de afuera, porque de nuevo oí los pasos. Corrí a la cómoda, abrí un cajón y, con el apuro, no encontré el Eibar. Es un revólver de mango nacarado, que me dejó el finado mi padre. En cambio encontré la linterna. Corrí a la ventana, la abrí y apenas tuve tiempo de alumbrar a un hombre que pasó por encima de la verja y desapareció. Hubiera jurado que era el peón de la escuela de perros, pero me dije que un hombre de trabajo, por la noche, no se convierte en asaltante.

XXIV

A la otra mañana, mientras me levantaba y me vestía, seguí en mis cavilaciones, de modo que sin pensar en lo que estaba haciendo —sin peinarme siquiera y sin afeitarme— entré en la cocina a tomar el mate. En cuanto me vio, Ceferina vino a mi encuentro y, buscándome los ojos, me preguntó:

—¿Qué te pasa?

Mateando en la mecedora, mi cuñada disimulaba la risa, como si estuviera de lo más divertida. No debiera decirlo, pero a veces la comparo a una zorra de gran tamaño que se relame de antemano por las picardías que prepara. Los ojos le brillan, es de físico amplio, como Diana, con la misma piel rosada. Casi la única diferencia, ya se sabe, está en el color del cabello. Recuerdo que reflexioné: «Es increíble que sea tan mala y que se parezca tanto a mi señora».

—Estás ojeroso —dijo Ceferina—. Pálido.

—Paliducho —corrigió Adriana María.

—¿No te sentís enfermo?

Adriana María dijo:

—Seguramente se pasó la noche suspirando por su mujercita. Quién supiera los rebusques de la Diana. A él, no le hablés de otra.

Yo no podía creer lo que oía. Le juro que en ocasiones me sorprende la libertad de las mujeres. Quisiera saber de qué hablan cuando están entre ellas. Aunque se lleven mal, forman una especie de gremio.

—No te rías —le dijo la vieja.

—¿Vos creés que me han quedado ganas de reír?

—Qué manera de gritarle anoche.

Protesté en el acto:

—No me gritó.

—¿Vos creés que estoy sorda? —comentó Ceferina y me pasó el mate.

—Anoche había un tipo en el jardín.

—Yo también oí pasos —dijo la vieja—. Tenés que arreglar la ventana de la cocina.

—¿Qué tiene la ventana? —preguntó Adriana María.

—No cierra. Una noche vamos a encontrarnos con un tipo adentro.

—Dios te oiga —dijo Adriana María.

Pregunté:

—¿Se fue Martincito?

—Si no se va, llega tarde —explicó la vieja.

—No va a esperar a que te despertés —dijo Adriana María.

Lo he comprobado mil veces. Noche que no pego el ojo, noche que me quedo dormido. Adriana María anunció:

—Salgo.

—¿Dónde vas? —preguntó la vieja.

—Yo también tengo mis cosas. ¿O acá solamente el hombre sale sin dar explicaciones?

Me pareció que hablaba para mí. ¿Qué puede importarme que salga o no salga?

Cuando nos dejó solos, la vieja apoyó las manos en mis hombros y me preguntó:

—¿Qué pasa, Lucho?

—Nada —le dije.

—¿Ni en mí confiás?

Fíjese cómo es de cariñosa cuando quiere.

—Si me salís con eso, te lo digo. No sé qué me pasa, pero me pregunto si algún día Diana volverá.

—Estás como Picardo. Cuando la zaparrastrosa de Mari lo dejó, se pasaba el día en La Curva y desde el fondo le gritaba al patrón: «Pepino ¿vos creés que volverá?».

Le dije: «Muy gracioso». Me preguntó por qué no habría de volver Diana.

—Me lo dicen por indirectas.

—A tu cuñada no la escuches.

—Hay otro motivo. A lo mejor son locuras mías. Estoy ganando tanta plata que me da que pensar. La cantidad es lo que asombra. Me pregunto si adrede no llega así la plata porque no voy a tener en qué gastarla.

—Si es por eso, no te preocupes —me dijo—. Si la dejan para siempre a Diana en el manicomio, todo lo que ganes no te alcanza para mantenerla.

Tal vez tuviera razón, pero el hecho no importaba, ella no entendía y yo no sabía explicar.

—Ayer aparecieron unos con un reloj tan grande que, para mí, trae mala suerte. Me pagan una enormidad. Nadie me saca de la cabeza que hay algo malo en todo esto. Te vas a reír: como si tuviera miedo de contagiarme, trabajo en el reloj con apuro y verdadera aprensión.

—¿Aprensión de qué?

—De que no vuelva Diana.

Por un ratito me miró como si estuviera aturdida; después me preguntó muy suavemente:

—¿Sabés por qué este mundo no tiene arreglo?

Le aseguré que no sabía. Me dijo:

—Porque los sueños de uno son las pesadillas de otro.

—No entiendo —admití.

—Sin ir más lejos, pensá en la política.

—¿Qué tiene que ver la política?

Traté de explicar la diferencia entre la política y mi apego por Diana. Me interrumpió:

—Sin ir más lejos, pensá en las elecciones y en las revoluciones. La mitad de la población está satisfecha y la otra, desesperada.

—La novedad —dije.

De un tiempo a esta parte se irrita fácilmente.

—La novedad, la novedad —repitió con esa maldita soberbia que le da la inteligencia—. Bajo un mismo techo vos estás rezando por que vuelva Diana y Adriana María, por que no vuelva.

—¿Vos creés? —le pregunté.

—¿Cómo no voy a creer? Si me apurás un poco, te digo que yo tampoco me voy a quejar si la Diana se pudre allá adentro.

«Menos mal» —pensé— «que me queda la amistad de Martincito.»

XXV

El resto de la mañana lo pasé con el Ausonia de la fábrica. Trabajé con verdadero apuro de terminar, como si estuviera convencido de que mientras me entretuviera con el armatoste, en el Instituto Frenopático podría sucederle cualquier cosa a mi señora. A las once y media, con bastante alivio, metí la máquina en la caja. Es claro que tendría el reloj en observación, por lo menos veinticuatro horas, antes de entregarlo.

Aldini me explicó infinidad de veces que no debo permitir que la superstición me domine, porque entristece el alma.

En procura de alguna información directa sobre el almuerzo, fui a la cocina, a ver a las mujeres. Recuerdo que me dije, como si hablara con la cuñada: «Volviste pronto» y que no pude menos que preguntarme dónde habría ido. De espaldas a la puerta, atendían las hornallas y los cacharros y de tanto en tanto juntaban las cabezas para secretear. El hecho de que se mostraran tan compañeras me dejó indiferente, porque bastaba recapacitar un minuto para entender que toda esa amistad no reconocía otra razón que la malquerencia por Diana. Secreteaban por costumbre pero el odio no lo disimulaban.

Tenía ganas de charlar con Martincito (tal vez me sentía bastante solo) pero finalmente resolví largarme a La Curva, porque me faltó el ánimo para aguantar las caras y las indirectas de las mujeres, a lo largo de todo el almuerzo. Pasé por el cuarto, para adecentarme un poco, recogí el saco, desde la puerta de la cocina grité:

—Almuerzo afuera.

En cuanto asomé al pasaje, me abordó Picardo. Hasta lo de Aldini habló sin parar, para convencerme de que su mayor anhelo era que yo jugara una boleteada franca, de corazón, a una yegua que el sábado iba a dar el batacazo del siglo en Palermo. Mientras yo decía «No juego, no traje plata», él aseguraba «No podés fallarme», se explayaba en pormenores y formulaba con dificultad de lengua (y hasta de postizos) el nombre de la yegua, que era extranjero.

—No juego —repetí.

—Comprá ochenta boletos.

—No traje plata.

—Te los fío. Si el doctor se noticia, pierdo el empleo, porque es un fanático del contado rabioso. ¿Vas a dejar caer a un compañero de infancia? Te pregunto para el caso de que la yegua resulte perdedora. Pero está tranquilo, vas a ganar una ponchada de pesos.

Terminantemente le dije que no jugaba, pero ¿quién logra que un débil, como Picardo, acepte una negativa? Repitió hasta lo increíble «una ponchada de pesos» y declaró:

—Pagás el importe sobre la ganancia. El doctor y yo queremos darte satisfacción.

Le dije:

—No te voy a pagar nada.

Me prometió que iba a comprar los boletos. Entré en lo de Aldini y sin dificultad lo recluté para el almuerzo en La Curva. Doña Elvira, que está mejorcita, comentó:

—Quiero creer que ustedes dos no andan en algo. No bien me reponga, me doy una vuelta por La Curva, a ver si Pepino no contrató una brigada de coperas.

Le prevengo que hablaba en broma.

Durante el almuerzo, Aldini no se manifestó como en sus mejores días. Con la señora siguen religiosamente en la televisión la novela *Borrasca al amanecer*, de unos médicos, indumentados de levita y galerones que, para proceder al trasplante, o autopsia y vivisección, roban cadáveres en el cementerio local. Una historia de miedo, sobre los albores de la ciencia, que si no me equivoco pasa en la ciudad de Edimburgo, en tiempos de la reina de Inglaterra, con actores que se aplican en la cara emplastos blancos y representan el papel del muerto que camina. Aunque le hice ver que me quitaba el hambre con sus detalles no logré mudarlo de tema.

Después volví a casa, con la mejor intención de trabajar en el taller. Como no había dormido en toda la noche, se me cerraban los ojos y me tiré en la cama por unos minutos. Hasta las cuatro estuve soñando disparates con mi señora, que sufría por culpa del alemán en el Frenopático. Soñé tan claramente que, al despertar, no pude librarme de la preocupación, al extremo de que seguía viendo al alemán, de galerón y levita, y a mi señora con emplastos blancos en la cara. Me revolví en el ponchito, de un salto me levanté y dije en voz alta: «Tengo que verla. No hay Reger ni Campolongo en el mundo que me atajen». Quedé un poco alelado, temeroso de que las mujeres me oyeran. «Van a decir que estoy loco» pensé. «Qué importa.»

XXVI

Para despabilarme chupé unos mates, porque si me descuidaba, en la cabeza volvía a pasar, como una película, esa pesadilla de los médicos, que se ponía particularmente desagradable cuando aparecía mi señora con el emplasto.

Después, en Los Incas, tomé el 133. Bajé en el puente, doblé hacia la derecha, me encaminé a la avenida San Martín y Baigorria. Allí estuve merodeando el Instituto, apostado detrás de los árboles. En el afán por avistar a Diana, me despreocupé de los transeúntes que, según imagino, me observaban con desconfianza. No le niego que me llevé un susto cuando el propio doctor Campolongo salió del edificio, cruzó la calle y se vino derechito hacia mí. Precipitadamente me parapeté detrás de un viejo camión abandonado, para ver cómo el doctor llegaba al quiosco y compraba un atado de cigarrillos.

Otro momento culminante se produjo cuando divisé a una mujer en una ventana del quinto piso del Instituto. Sin la menor vacilación me dije: «Es Diana». Siempre he creído que si un día estoy bajo tierra y Diana pisa mi tumba la reconozco. La ventana se abrió: lo que yo había tomado por Diana era, para qué negarlo, una enfermera bastante gorda.

Antes de ir a casa me largué en el 113 hasta Pampa y Estomba, porque resolví pasar por la escuela de perros. En la casilla refulgía apenas una luz amarillenta, muy débil. Me quedé media hora de facción, yendo y viniendo por la vereda; de vez en cuando echaba una mirada, de soslayo, hacia la lucecita. Le garanto que si aparecía un patrullero, me pedía los documentos, y si me veía algún amigo, pensaba que la internación de mi señora me había vuelto loco; no he llegado a tanto, pero a este paso no he de estar lejos.

En casa encontré a Martincito agazapado detrás de la carretilla que mi suegro, con la manía de grandezas, compró para trabajar en el jardín. Extrañado le pregunté:

—¿Qué estás haciendo?

Pareció molesto y por señas me pidió que me alejara. Como vacilé, explicó:

—Si te quedás, me sorprende el enemigo.

Cuando descubrí al chico de la vecina, un gordo pálido, arrastrándose como una lombriz, malicié que jugaban a la guerra. Yo iba a sonreírle a Martincito, pero lo vi tan irritado que me retiré en buen orden.

XXVII

A la noche me desvelé de nuevo, a la madrugada oí el gallo de Aldini y a la mañana, cuando llegué a tomar el mate, el chico se había ido a la escuela y tuve que aguantar las pullas de Adriana María.

—Menos mal —dijo— que su mujercita no le quita el sueño.

¿Qué sabemos del prójimo? Nada.

A la tarde vino el capataz de la fábrica, pagó lo convenido y retiró el reloj.

Parece increíble: a cierta hora no pude contenerme y me largué a mi habitual recorrida por el Frenopático y por la escuela. Porque uno siempre tropieza con los mismos vagos, en la calle Estomba lo encontré al Gordo Picardo.

—¿Qué hacés por acá? —me dijo.

Para desconcertarlo pregunté:

—¿Cambiaste de parada?

—Yo que vos —aconsejó Picardo— no buscaría líos con el alemán. Es un mal tipo.

—¿Qué líos voy a buscar?

Con la mayor displicencia me contestó:

—Vos me entendés.

A toda velocidad inventé una historia para explicar mi aparición en la calle Estomba.

—No me creerás —dije, porque uno deja ver lo que piensa— pero se me ocurrió esperar a mi señora con una sorpresa.

—No digas —comentó, como si no me creyera—. ¿Qué sorpresa?

—Un perro, es claro —dije—. Mi señora siempre deseó un perro. Es una cosa bien sabida. Preguntale a cualquiera que la conozca. Ahora le voy a dar el gusto.

Picardo sonreía y me miraba. Hablando en un tono solemne, que debió de intimidarlo, dije:

—Quiero que vuelva a casa por la puerta grande.

Masculló:

—No has de tenerte mucha fe, si te reforzás con un perro.

Me hice el que no oía. Le pregunté:

—¿Qué decís?

—¿De dónde sacás la plata?

—De acá. —Me palpé la cartera. Después agregué, como quien se da importancia—. Me trajeron en compostura el reloj de la fábrica Lorenzutti.

Por un momento lo confundí, pero reaccionó.

—En vez de invertir en perros —me dijo— pagame lo que me debés.

—No te debo nada.

—Ochenta boletos que te jugué.

—Te dije hasta el cansancio que no juego.

—No me hagás eso y no lo digás a gritos. El doctor está muy bien impresionado porque te vendí la boleteada. Si me pagás con la ganancia ¿a vos qué te importa?

Últimamente Picardo se había vuelto muy tesonero.

XXVIII

A la media cuadra, miré para atrás y lo vi a Picardo que me vigilaba desde la esquina, sin el menor disimulo. «Por culpa de ese cargoso», me dije, «aunque no quiera entrar, tengo que entrar.»

Había tanto olor a perro en el escritorio, que me dio por compadecer a Diana, como si estuviera seguro de que vivía ahí.

En el hombre celoso dura poco la bondad. Cuando entendí el alcance de lo que había pensado, me puse a buscar rastros de mi señora con un encono que admiraba. Por cierto no los encontré. Usted dirá que si tan fácilmente desconfío, no he de quererla mucho. En ese punto se equivoca, aunque por mi parte a lo mejor no sepa dar razones para convencer.

Apareció el dentudo que trabaja de peón en la escuela.

—¿Qué quiere? —preguntó.

Por la manera de hablar usted lo coloca a mitad camino entre la gente y los animales.

—Hablar con Standle —dije.

El muchacho entreabrió una puerta y avisó:

—Quieren verlo.

No me quitó los ojos, ni se fue, hasta que vino Standle. El alemán mostró un disgusto que después disimuló con su cara de sonso. Me acuerdo como si fuera ahora que en ese momento no pude menos que preguntarme si el hombre escondía algo o si me había hecho una mala jugada.

—¿Qué busca? —preguntó.

Tal vez para estudiar sus reacciones le largué la frase:

—Busco un perro para regalárselo a Diana, cuando vuelva a casa.

—¿A la señora Diana?

Le juro que yo le sorprendí en los ojos y en la boca una expresión de burla. Me dio rabia y le pregunté:

—¿A quién va a ser?

Con vivo interés comercial pasó a tratar el negocio.

—En este momento nótase una verdadera contracción de la oferta —dijo—. La primera consecuencia en el mercado es la suba de precios.

—Cuándo no —contesté.

—Lo que usted necesita es una perra.

—O un perro.

—A un perro lo distrae con una perra. A una perra usted no la distrae del deber.

Le previne:

—Ya le oí el cuento.

—Acompáñeme. Le enseño lo que necesita.

Abrió una puerta y avanzamos entre dos filas de perreras. No es que yo sea pretencioso, pero le garanto que el lugar no resultaba hospitalario. Tanto ladrido, tanto olor a perro mezclado a desinfectante, me deprimieron y entristecieron. Ganas me entraron de renunciar a la operación.

—Mire qué linda la joven —dijo el alemán.

Era una lindísima perra de policía. Cuando llegamos estaba echada con la cabeza aplastada contra el suelo y desde allá abajo nos miró con ojos atentos, dorados. Parecía divertida, como si compartiera una broma con nosotros y en un instante pasó de la quietud al salto y a las fiestas. Le juro que pensé: «Me la llevo». Como repite Ceferina, cuesta mucho resistir a la belleza. Una mala comparación, desde luego, porque Ceferina se refiere a mi señora.

—¿Cuánto pide?

—Cincuenta mil pesos —contestó.

—Qué barbaridad.

Era una barbaridad, pero también era (y esto me pareció más importante) la misma cantidad que yo había recibido por el Ausonia de Lorenzutti. Entendí que si gastaba ese dinero en una perra para mi señora, a lo mejor convertiría la mala suerte en buena suerte. Ni qué decirle que mientras yo pensaba todo esto, el alemán hablaba sin parar. Creo que ponderaba la inteligencia del animal y su carácter caprichoso. Con voz aflautada exclamó:

—¡Mujer al fin! Pero dócil, buena y, un punto capital, muy adelantada en el curso de enseñanza.

—¿Cómo se llama? —pregunté.

De nuevo pareció molesto. Animosamente aseguró:

—Malicio que el nombre gustará.

—¿Por qué?

—Porque es tocaya de la señora.

Cuando comprendí, me contrarié. Aparecer en casa con una perra que se llamaba Diana, no era prudente, porque no habría medio de salvarla de la malquerencia y del maltrato de las mujeres.

En ese primer momento razoné con serenidad.

—No me sirve. ¿Qué otra cosa ofrece?

Me mostró media docena de perros. La comparación era imposible.

—Pichichos lindos, pero trabajo inútil —declaró—. El señor eligió de entrada. Amor a primera vista.

Lo miré con respeto, porque me decía la verdad. Desde que la vi, Diana me atrajo.

—Me la llevo —dije.

—Felicitaciones —dijo Standle.

Me estrechó la mano hasta hacerme doler.

Comprendo perfectamente que me porté como un chico. Desde que internaron a mi señora estoy un poco alterado.

XXIX

No bien desembocamos en el pasaje lo vi al Rengo Aldini estacionado con Malandrín. Aunque parezca mentira, Diana se interesó vivamente en ese animal achacoso y poco menos que a la rastra me llevó a su encuentro. Mientras los perros se estudiaban y conocían, conversamos con Aldini.

—¿Qué es esto? —preguntó.

—Una perra —contesté.

—¿De dónde la sacaste?

—Acabo de comprarla.

El Rengo tuvo una de esas finezas que aún hoy lo distinguen como el caballero que es, aunque ya no use la impecable corbatita blanca de los años mozos, cuando convidaba a la barra de chiquilines (entre los que figurábamos usted y yo) a ver los partidos de fútbol. Con dos mágicas palabras me levantó el ánimo:

—Te felicito.

Me quedé mirándolo con gratitud y tardé en descifrar lo que ahora decía. Aldini repitió:

—¿Cómo se llama?

Un rato antes el alemán pareció incómodo por la pregunta; el turno de la incomodidad me llegaba.

—Fatalismo puro —aseguré.

—¿Cómo? —preguntó abriendo los ojos.

—Es como si creyeran que me olvido de la señora.

Recuperando el aplomo sonrió.

—No me digas que se llama Diana.

—Sos rápido —le dije, sinceramente.

—¿De dónde la sacaste? —volvió a preguntar.

—Se la compré a Standle.

Aldini emprendió un interrogatorio sobre los orígenes del animal, que no contesté, por falta de preparación. Confieso que por un momento me sentí desilusionado; mientras yo pensaba «La manía de los antepasados, aplicada a los perros», el Rengo concluía sus preguntas con la frase alarmante:

—Espero que no te traiga disgustos.

Reaccioné en el acto:

—¿Por qué va a traérmelos?

—Con tal de que no les falte unidades para la venta, los de la escuela recogen perros vagabundos, cuando no los roban en las propias casas.

—No puede ser —dije.

—¿No puede ser? —repitió con acaloramiento—. Un día estás paseando lo más campante con tu nueva Diana y el primer peatón te sale al paso con el reclamo de que la perra es de su propiedad y que se la robaste.

—La he comprado de buena fe.

—Tendrás que probarlo.

—Yo no la devuelvo aunque me lleven a la comisaría.

—Estás en tu derecho. Te agrego una opinión alentadora: según el dueño de un galgo, que es amigo mío, no roban los perros que venden a particulares.

—Yo soy un particular.

—Es tu ventaja —dijo, y bajó la voz para añadir—: Roban los perros que ningún ser humano volverá a ver.

—¿Qué perros son ésos?

—Los que entregan a laboratorios.

—¿Para qué?

—¿Cómo para qué? ¿No sabés? ¡Para la vivisección!

De nuevo apareció la palabra *vivisección* que yo no recordaba, hasta que la oí, en sueños, las otras noches.

—¿Con qué propósito? —pregunté.

—El de siempre. El ansia de riquezas. El dinero es horrible.

—Yo sospecho que el dinero trae mala suerte —dije, para ver si le sacaba una opinión esclarecedora.

Tal vez no me oyó, porque pensaba algo que lo preocupaba. Sujetándome de los hombros, murmuró:

—Entre vos y yo, Standle no ama sinceramente a los perros.

XXX

En casa me recibieron mejor de lo que yo había previsto. Martincito saltaba, hacía fiestas a la perra, se mostraba feliz. Recuerdo que me dije: «Es un chico extraordinario». En cuanto a las mujeres, desde el primer momento se pusieron en contra. Ceferina fingía no entender para qué yo había traído la perra.

—¿No te dije que el gavilán andaba detrás de una reemplazante de mi hermana? —preguntó Adriana María—. Eso sí, por respeto, se trajo una tocaya.

A veces me pregunto si en realidad la quiere a mi señora.

Ceferina me previno que ella no iba a limpiar la suciedad del animal.

—Para eso buscate alguna chinita de las provincias —dijo, como si ella fuera inglesa.

Pasaban los días, la perra no ensuciaba adentro y la irritación de Ceferina aumentaba. Yo me pregunto si algunas mujeres no necesitan disgustos y peleas para vivir en paz. Menos mal que no se le ocurrió echarme en cara (lo que pudo hacer con fundamento) que yo robaba tiempo a los relojes para adiestrar a la perra. Cuando nos miraba, a las horas de clase, créame, su cara era el retrato del menosprecio. Si la perra me desobedecía, con cualquier pretexto la acariciaba y hasta le daba un terrón de azúcar. Que yo la sacara a pasear varias veces por día desataba, usted vaya a saber por qué, la mayor indignación.

—¿Has conseguido una amiguita en el barrio o de veras te gusta pasearte con la perra? —me preguntó la cuñada.

Le respondí:

—Es claro que me gusta. ¿Qué hay?

—¿No serás medio degenerado, che?

—Vos, mi hijita —terció la vieja Ceferina, que si la enojan me defiende— podrías, de vez en cuando, limpiarte esa mentalidad.

A mí me une a la perra una simpatía muy fuerte. Cuando le veo el hocico tan negro y tan fino, los ojos dorados, tan expresivos de inteligencia y devoción, no puedo sino quererla. A lo mejor acertó Ceferina cuando me dijo que soy un enamorado de la belleza. Hay en esto un punto que me preocupa: la belleza que a mí me gusta es la belleza física. Si pienso en la atracción que siento por esta perra, me digo: «Con Diana, mi señora, me pasa lo mismo. ¿No adoraré en ella, sobre todo, esa cara única, esos ojos tan profundos y maravillosos, el color de la piel y del pelo, la forma del cuerpo, de las manos y ese olor en que me perdería para siempre, con los ojos cerrados?».

La presencia de un animal cambia nuestra vida. Como si yo hubiera padecido hambre y sed de un amor total —así era, le garanto, el que me ofrecía esta perra— desde que la tuve en casa me sentí en ocasiones tan acompañado, que llegué a preguntarme si no la extrañaba menos a mi señora. Sospecho que estas dudas no eran sino otra prueba de la tendencia a la cavilación que había desarrollado… A mi señora la extrañaba con la misma ansiedad de siempre, pero la perra, con su devoción, no sé cómo decirlo, devolvía la estabilidad a mi ánimo.

En su momento no damos a todos los hechos la debida importancia. Desde que tengo perra, en la calle miro los perros y, si los veo dos veces, usted se va a reír, los reconozco. Entre los que salimos a pasear perros, fácilmente entablamos amistad. Somos lo que se llama una familia numerosa. Mi cuñada asegura que si una mujer está de espera, o con miedo de estarlo, no encuentra más que barrigonas. Por mi parte, desde que la tengo a Diana, no encuentro más que gente con perros. O perros que se me acercan. Sin ir más lejos, la otra tarde, en el Parque Chas, una perra de caza, con grandes orejas y mirada triste —atormentada, habría que decir— me saltó encima, como si me conociera. Con un coraje que me llenó de orgullo, Diana la puso en fuga. Después encontramos al dentudo de la escuela; me pregunto qué se cree ese pobre diablo: se hizo el que no nos veía.

Si Martincito no hubiera sido tan amigo de la perra, yo no me hubiera animado a salir y a dejarla sola, con las mujeres de la casa. Podía contar con el chico; la cuidaba y jugaba con ella, al extremo de que a veces me pregunté si no me robaba su afecto. Diana prefería los juegos de Martincito a pasar las horas echada a mis pies en el taller. Probablemente el olor del calentador de querosene la molestaba. Debemos recordar siempre que el perro, según me explicó Ceferina, en materia de olfato supera al ser humano.

En realidad, debía de ser bastante ridículo mi temor de que el chico me robara un cariño tan seguro. Por la manera de mirarme yo debí entender que esa perra me quería. No creo que nadie tenga ojos así.

XXXI

Con tanto paseo y adiestramiento, se me atrasó el trabajo en el taller. Para cumplir en fecha con la clientela, no me quedó otro remedio que volver de noche a los relojes. En lugar de la televisión, una cuerda o un eje roto, un engranaje con algún diente gastado, me entretenían hasta la madrugada.

Una noche yo estaba con el Longines del señor Pedroso desparramado ante mí. Pedroso, usted lo recuerda perfectamente, es el jubilado de las pompas de Mariano Acha. Para empezar a armar, tomé la primera pieza con la pinza, cuando me pareció —usted va a creer que son imaginaciones de un hombre alterado, porque no oí el más mínimo ruido y Diana, que ladra por cualquier cosa, en verdad no despertó— que alguien estaba espiándome. Sin dejar la pinza, muy lentamente giré la cabeza y, encuadrada en la ventanita que da al jardín, durante un segundo o dos, vi una cara afeitada y blanquísima. ¿A que no sabe qué pensé a toda velocidad? Que en esta época, para trabajar de noche, un relojero como yo, rodeado de cosas de valor que no le pertenecen, debía traer al taller un arma y que el revólver marca Eibar, de empuñadura nacarada, que heredé de mi padre, estaba en la cómoda del dormitorio, lejos de mi mano. En seguida empezó la animación. La perra ladró, yo dejé la pinza y cuando me encaminaba a abrir, golpearon a la puerta. En la penumbra había un hombre, que la perra trató de sortear. Era el dentudo: la abrazaba, la retenía, le decía:

—¿Cómo te va, Diana? —El dentudo me alargaba un collar de adiestramiento y explicó—: Se lo manda Standle.

Después di en pensar que a lo mejor afuera había quedado el compinche de la cara pálida y que el dentudo adrede sujetó a Diana para que no lo persiguiera.

Le voy a confesar algo que me avergüenza: desde que se fue mi señora, estoy mal de los nervios. La aparición de la cara en la ventana y la conversación con el dentudo, que fue de lo más común, me dejaron sin ganas de trabajar. Cuando iba a acostarme pensé que no conciliaría el sueño fácilmente. Pasé la noche en continua agitación, porque soñé que el hombre pálido me había robado la perra. En la pesadilla, con las piernas cansadas de caminar tanto y con ansiedad en el alma, buscaba la perra por todo el barrio y por el Parque Chas. La llamaba mentalmente y creo, Dios me perdone, que en mi angustia confundía y hasta identificaba una Diana con otra. Le aseguro que desperté a la miseria. Al ver la perra echada en la alfombrita, le acaricié la cabeza.

Me di una ducha, me vestí y cuando iba a la cocina, a matear, le oí a la vieja que le decía a mi cuñada:

—Lucho es el hijo de las circunstancias.

Qué me dice de las frases que se le ocurren. Adriana María, por lo visto, la entendió y estuvo de acuerdo. Yo dejé los mates para más tarde y saqué la perra a dar una vuelta.

En el pasaje lo encontré a Aldini. El hecho de tener cada cual un perro ha reforzado nuestra vieja amistad. Me dijo:

—Esta mañana lo vi a Picardo. Estaba tan paquete y tan orgulloso que no me saludó. Increíble.

Pensé: ganó mi caballo y él se guardó la plata. Para cambiar de tema no se me ocurrió nada mejor que decir:

—Increíble lo que vi anoche en la ventanita del taller.

Le conté la aparición de la cara pálida y del muchacho dentudo.

—Standle te vendió la perra —me dijo— y ahora quiere robártela para el laboratorio. Vas a tener que andar con cuatro ojos.

Arrebatado por una auténtica indignación dije:

—Permití que se llevaran a una Diana, pero no voy a permitir que se lleven a la otra.

Comprendí en el acto que si hubiera formulado la frase ante Adriana María o ante Ceferina me hubiera expuesto a toda clase de bromas. Aldini, que no es menos inteligente que las mujeres, la dejó pasar.

Luego nos internamos en temas de otra elevación. En la esperanza de comprender mi afecto por Diana a través de su afecto por Elvira, le dije:

—Voy a hacerte una pregunta idiota. ¿Vos podrías decir cuál es la persona que más querés?

Me contestó:

—Y, che, lejos, Elvira.

Su respuesta me convenció de que podríamos entendernos. En el afán de alcanzar esa meta, mayormente no me preocupé de tener tino y le presenté una segunda pregunta:

—En Elvira ¿qué es lo que más querés?

Hasta la papada se le puso al rojo vivo. Al rato dijo algo que me llenó de asombro:

—Tal vez uno quiere la idea que uno se hace.

—No te sigo —confesé.

—Yo tengo la suerte de que Elvira no desmiente nunca esa idea.

Pensé un ratito y dije como si hablara solo:

—Bueno. Si yo quiero al físico de Diana, quizá no estoy tan equivocado. Quizá no sea menos

Diana su físico, que Elvira la idea que te formás de ella. No hay que hurgar tan adentro.

Aldini respondió con naturalidad:

—Sos demasiado inteligente para mí.

Yo no creo que sea más inteligente que los demás, pero he pensado mucho sobre algunos temas.

XXXII

Una tarde, a la hora de la siesta, volví a soñar disparates. Usted se va a reír: soñaba que estaba en mi cama, en mi cuarto, y que Diana dormía al lado, abajo, en la alfombrita. Exactamente lo que pasaba en la realidad, sólo que en el sueño yo le hablaba. Le pregunté, recuerdo, cómo era su alma y le dije: «Seguro que es más generosa que la de muchas mujeres». Usted comprende, sin nombrarlas abiertamente, yo me refería a la cuñada y a Ceferina. Le pedí a la perra que me hablara, porque si no, le dije, yo nunca iba a conocer el alma que estaba mirándome desde esos ojos tan profundos. Unos gritos me despertaron. Por motivos que sabía en el sueño, pero que muy pronto se me borraron de la mente, desperté acongojado, con verdadera necesidad de estar con la señora. Oí la voz de Adriana María, notable por lo clara, la situé en la cocina y me pregunté si también había oído la voz de la vieja. Cuando fui allá, impulsado por el deseo de matear, me llevé el disgusto de encontrarme con las dos mujeres trabadas en una discusión. Pensé que había sido injusto con la cuñada, sobre todo insensible. Si la miraba de repente, podía confundirla con mi señora, salvo por el color del pelo.

Digan después que hay transmisión del pensamiento. Mientras me abandonaba a consideraciones tan favorables para ella, Adriana María incubaba una irritación contra mí, que no tardó en reventar. No me preocupé de las mujeres hasta que levantaron la voz y prácticamente gritaron. El hecho no me asombró, porque es raro que pase un día sin que griten o insulten. Si yo hubiera razonado con mayor rapidez, me hubiera retirado, pero como soy lerdo, antes de comprender nada, sentí la estúpida obligación de amigarlas.

Tuve entonces la prueba de que debo coserme la boca y no hablar de asuntos que me importan delante de personas dispuestas a interpretar con mala voluntad lo que digo. En diversas oportunidades comenté en casa los últimos episodios y las reflexiones que éstos me sugirieron. Vagamente habré pensado que esas mujeres, al fin y al cabo, eran mi familia y que si no puedo comentar con nadie la preocupación que llevo adentro, estoy muy solo.

Cuando me dijeron por qué peleaban, ajustaron el lazo que me retenía. Ceferina explicó:

—Los médicos le presentaron al pobre Rengo, por la atención de Elvira, lo que se llama un cuentazo.

—El Rengo no gana un peso partido por la mitad —interrumpió Adriana María—. Porque lo que es yo, ni nadie en sus cabales, va a llevarle un mueble en compostura a un viejo anquilosado. ¿Sabés para qué sirve? Para pasear el perro.

Yo diría que me miró sugestivamente.

—No es tan viejo. Apenas diez o doce años más que yo —protesté.

Ceferina dijo:

—La enfermedad de Elvira le comió los ahorros.

—Lo tiene merecido por reaccionario y por avaro —dijo Adriana María.

—¿Qué tiene que ver? —pregunté.

—¿Cómo qué tiene que ver? ¡No aporta a las Cajas!

La propia Ceferina admitió:

—No hay peor crimen.

—Si digo media palabra en Defensa Social lo meten entre rejas. No aporta a las Cajas de jubilación ni tuvo nunca la precaución elemental de adherir al Centro Gallego.

Argumenté:

—Es hijo de italianos.

—Entonces que no proteste —sentenció la cuñada.

Las mujeres volvieron a vociferar y yo pensé en la lección que me había dado el Rengo. Con la mayor naturalidad lo usé de paño de lágrimas, pero él nunca me cargoseó con dificultades y quejas. Lamentablemente se había hecho tarde para que yo siguiera ese gran ejemplo de conducta, porque ya no quedaban muchos en el barrio que no hubieran oído mis confidencias.

Adriana María comentó:

—Aldini se habrá endeudado para que le curen a la mujer, pero al que verdaderamente quiere es al perro.

Creo que dijo «al perro inmundo». Protesté con una mesura que fui el primero en celebrar:

—En ese aspecto no me parecés ni justa ni razonable.

No haberlo dicho. A toda velocidad giró como un resorte, me clavó sus ojos fulminantes y me preguntó:

—¿Cómo te atrevés a pronunciar la palabra *razonable*? —Por un rato masculló furiosa—: Véanlo al atrevido. No sé qué hacen los del Instituto que no lo encierran. Juro que voy a presentar la denuncia.

Sin apabullarme le dije:

—No confundás tristeza con locura.

—Estás triste porque estás loco.

Sinceramente confesé:

—No te sigo.

Como si tuviera la lección aprendida, a lo mejor para recitarla ante una junta de médicos, empezó la enumeración de cargos:

—Si usted lo escucha, la misma gente que le vendió la perra se la va a robar.

Como un estúpido aclaré:

—A mí no se me ocurrió la posibilidad ¡ni remotamente! Aldini me puso en guardia.

—¿Qué tiene que opinar el viejo? Dios los cría y ellos se juntan. Ahora a éste le da por imitarlo y, para no ser menos, trae a casa una perra que se llama como la propia mujercita.

Cuando oí lo de «la propia mujercita» me pareció imposible que minutos antes la mirara con afecto. De algún modo me perturba y hasta me desagrada la idea de que un cuerpo humano atractivo y familiar en grado sumo, porque es idéntico al de mi señora, esconda un alma tan diferente. Adriana María continuó:

—Eligió la perra porque se llamaba así. O quizá la bautizó él mismo. A veces me pregunto si lo que le gusta en mi hermana es el nombre.

En el afán de mantenerme dentro de la más estricta verdad, reconocí:

—No tiene nada de feo.

Por primera vez Adriana María sonrió.

—Si te da placer llamarme Diana —dijo como si algún pensamiento la divirtiera— yo no me opongo.

Creí necesario dejar ese punto bien aclarado:

—Vos te llamás Adriana María.

—En cambio la perra se llama Diana y él se babea por ella. No me van a decir que no es raro un marido para quien no existe otra mujer que la legítima. Cuando la legítima es mi hermana, estoy en pleno derecho de creer que ese hombre no es normal.

—No te permito —protesté.

Usted la oyera.

—El señor me niega el permiso. ¿Desde cuándo voy a pedir permiso a un loco que de noche ve caras pálidas en las ventanas?

—Te juro que la vi.

—¿A quién le importa lo que vio un ignorante? Yo voy a contar todo a esos médicos, para que le tomen el peso a tu ignorancia y a tu locura. Solamente un loco imagina que los médicos del Frenopático, vaya uno a saber con qué fin horroroso, encierran a personas en sus cabales. No te voy a denunciar por simple despecho, sino para defenderme.

Azorado le pregunté:

—¿Para defenderte?

—Sí, para defenderme —contestó—. Sos un loco de mala entraña, que trata de robarme el cariño de mi propio hijo.

—No des vuelta las cosas.

—¿Quién sos vos para hablarme de esa manera?

—Con Martincito somos grandes amigos, pero nunca traté de robarte su afecto.

—¿Me tomás por sonsa, che? Oíme bien: el chico me cuenta todo. Por la espalda le ponderás a mi hermana y me atacás. Tratás de dividirnos.

—Me calumniás.

—Te prevengo: lo voy a poner al tanto, al detalle, a mi viejo, para que te rompa la crisma.

—Pobre de él —dije y la acaricié a Diana.

Echó a llorar.

—Ahora amenaza —dijo entre sollozos—. Nos vamos con Martincito. Yo creí que en esta casa me quedaba para siempre.

XXXIII

Tal vez yo no sepa tratar a las mujeres. Si la miraba en silencio, mi cuñada me decía que me burlaba de su dolor, y si le pedía que se calmara, me decía que no aguantaba a los hipócritas.

Me fui al cuarto, metí en el bolsillo todo el dinero cobrado últimamente —de puro dejado no lo deposité— y salí con la perra. Por suerte, Aldini estaba en el pasaje. Le pregunté:

—¿A vos te parece bien que entre amigos haya secretos?

—Secretos no, pero tampoco es cuestión de contar todo, como las mujeres y los modernos maricas.

—¿Te parece bien pagar, sin decirme palabra, la cuenta de los médicos?

—¿Por qué iba a publicarla?

—Porque en este momento, por casualidad, puedo ayudarte.

Cuando metí la mano en el bolsillo me atajó:

—En la calle no se muestra el dinero.

Entramos. Rengueando trabajosamente me condujo hasta la pieza. Elvira estaba en la cocina.

Repetí:

—En este momento, por casualidad, puedo ayudarte. Da miedo decirlo: la plata me llueve.

Me pareció que hablaba como jactancioso.

—A lo mejor mañana la necesitás —dijo sencillamente Aldini.

—En ese caso te la pido.

—Y yo ¿cómo la devuelvo? Hoy por hoy el hombre que no trabaja es un balde sin fondo.

Le di el fajo.

—¿No estarás cometiendo un error? —preguntó—. Por tu situación, no sé si me entendés.

Contó el dinero e insistió en extenderme el recibo. Después hubo que aceptar los mates de Elvira y departir como lo exige la sociabilidad.

Me retiré satisfecho. Al rato me pregunté si no le había prestado el dinero al Rengo por el simple afán de quedar como un gran amigo y como un hombre generoso. O peor aún: si no se lo había prestado porque pensaba que el dinero me traía mala suerte. Como usted ve, mi señora tiene razón: interesado en mí mismo, siempre estoy interrogándome y examinándome y hasta me olvido de los otros. ¿Le digo la verdad? Tuve miedo de que todo esto me trajera mala suerte.

Como no sé atender dos cosas a un tiempo, tardé en percatarme de que había un automóvil frente a casa. Era un taxímetro que Adriana María cargaba de valijas y de perchas con vestidos. La cuñada me rechazó, cuando hice el ademán de ayudarla y, sin preocuparse de que la oyera el conductor, me largó con odio:

—Desalmado.

De todos modos le hubiera acomodado las cosas en el coche, si no fuera por Martincito, que abría y cerraba los ojos, movía las manos como si fueran orejas de perro, hacía morisquetas y me sacaba la lengua. Aunque usted piense que soy un hombre débil, le confieso que la actitud de Martincito me afectó profundamente. Cuando se fueron, me dijo Ceferina:

—No te hagás mala sangre.

—Muy fácil.

—Habrá encontrado un macho. Hay mujeres así. Antes de hacer lo que tienen ganas, culpan al prójimo.

A mí me disgustaba el escándalo y la partida de la cuñada, sobre todo la burla del chiquilín. Con pesadumbre me dije que debía perder las esperanzas de que Ceferina, o que nadie, me entendiera. Me abrazó por un rato la vieja, hasta que se apartó para mirarme con júbilo, con ternura y (añadiré, porque soy un desagradecido) con ferocidad. Creo que dijo:

—¡Al fin solos!

XXXIV

Aunque el alejamiento de la cuñada representó, en definitiva, un alivio, mi vida siguió su curso de angustia y contrariedades. Consistían éstas principalmente en llamados telefónicos, de casa de don Martín; padre e hija se pasaban el teléfono para gritarme, por turno, amenazas y palabrotas.

Finalmente, el 5 de diciembre a la tarde, llamó Reger Samaniego y dejó dicho que por favor yo compareciera en el Frenopático. Ceferina, que tomó el mensaje, no creyó necesario pedir aclaraciones.

Imaginé las peores calamidades, de modo que salí a la disparada y llegué en seguida, más muerto que vivo. Sudaba tanto que daba vergüenza. Como si volviera a soñar una pesadilla, al principio todo ocurrió como la otra vez. En el despacho de Reger Samaniego, me recibió personalmente el doctor Campolongo, que cerró la puerta con llave y me extendió, con la mayor deferencia, una mano pálida, tan mojada como la mía, pero que registraba una temperatura notablemente inferior.

—¿Tiene alas? —preguntó.

Lo miré sin comprender. En mi confusión mental desconfié de que me tomara por loco.

—No entiendo —dije.

—No colgué el tubo y ya lo tengo aquí.

Noté que su cara —afeitada, más bien redonda— era extraordinariamente pálida.

—El doctor Reger Samaniego quiere hablarle —dijo—. ¿Espera un minutito?

Contesté afirmativamente, pero debí contenerme para no agregar que por favor el minutito no se alargara demasiado porque yo estaba muy nervioso. Para distraerme comparé la cara de Campolongo con la que sorprendí la otra noche en la ventanita del taller. La de Campolongo era igualmente pálida pero más redonda.

El médico se fue por la puerta que daba adentro. Recordé algunas amenazas de Adriana María y me pregunté si yo no habría caído en una trampa.

Al rato se abrió esa misma puerta, entró una enfermera, me incorporé, me dijo que me sentara.

—El doctor no va a tardar —aseguró.

Era morena, con el mentón muy en punta y los ojos brillosos, como si tuviera fiebre. Se apoyó en el brazo de mi sillón y, mirándome de cerca, preguntó:

—¿No quiere un café? ¿Una revista para entretenerse mientras está solito?

Le dije que no. Sonrió como si me diera a entender que mi negativa la apenaba y se fue. Imaginé de pronto que el doctor me había llamado con el propósito de alejarme de casa. «Mientras cumplo este plantón acá, se aparecen en casa el alemán y el cejudo y me roban la perra.»

Ya no contenía los nervios cuando apareció Reger Samaniego. Era alto, flaco, de nariz afilada. A lo mejor a causa de su cara, sombreada por una barba de tres o cuatro días, lo comparé a un lobo. Me pregunté si por el hecho de pensar en esos disparates y no en Diana, atraería la mala suerte. Reger Samaniego se había puesto a hablar antes de que yo fijara la atención. Cuando por fin lo escuché, decía:

—Está cambiada. No espere que sea la misma. Está cambiada para mejor.

Quedé callado, porque no sabía qué contestar; por fin le dije:

—Yo casi prefiero que sea la misma.

—Es la misma, pero está mejor.

En realidad mi respuesta no expresaba incredulidad, sino esperanza. Reger Samaniego continuó:

—Si el máximo de enfermedad fuera cien ¿en qué porcentaje computaría usted el mal de la señora?

—No entiendo una palabra —dije.

—¿Usted fijaría la enfermedad de la señora en un veinte, en un treinta o en un cuarenta por ciento?

—Digamos en un veinte.

—Digamos en un veinte, pero en verdad era el doble. Ahora lo hemos rebajado a cero. O, para decirlo al revés, llevamos la salud psíquica de la señora al cien por ciento.

—¿Está sana?

Iba a preguntarle también si me la devolvería pronto, pero antes de que me resolviera a hablar, contestó a mi primera pregunta:

—Completamente sana. Por favor, trate ahora de seguir mi razonamiento. Ella era —no quiero ofender, entiéndame bien— la manzana podrida de su matrimonio. ¿Me sigue?

—Lo sigo.

—Cuando la señora no estaba sana, lo enfermó a usted.

En situaciones desconocidas, para no ser cobarde, tal vez haya que ser muy valiente. Tuve ganas de escapar. Tomando un tono despreocupado, le dije:

—Para mí, doctor, que le contaron infundios y lo sorprendieron en su buena fe. Yo estoy perfectamente.

—Le pedí, señor Bordenave, que tratara de seguirme. No conteste si no entiende.

Contesté:

—Entiendo. Pero estoy perfectamente. Le aseguro. Perfectamente.

Me parecía que tenía hormigas en las venas. Con la más imperturbable lentitud, Reger Samaniego retomó la explicación:

—La manzana podrida enferma el resto de la frutera. A usted, en cierto grado, la señora lo enfermó.

La explicación, como yo lo había previsto, tomaba un rumbo peligroso. Para mostrar cordura y buen ánimo le pregunté:

—¿En qué porcentaje?

—No lo entiendo —me dijo.

—¿En un cinco por ciento?

—No entremos en porcentajes —contestó con visible irritación— que de cualquier manera son puramente fantasiosos. Digamos, en cambio, que ahora, cuando la señora vuelva sana, a usted le tocará el papel de la manzana podrida.

—¿Qué debo hacer? —pregunté en un hilo de voz.

Cerré los ojos, porque estaba seguro de oír la temida palabra *internarse*. Oí:

—Vigilarse.

—¿Vigilarme? —pregunté desorientado, pero aliviado.

—Es claro. Reprimir su propensión a enfermarla de nuevo.

Tal vez porque ya me creía a salvo o tal vez porque estaba realmente ofendido, protesté:

—¿Cómo se le ocurre que voy a tener propensión a enfermar a Diana?

—Acuérdese de lo que le digo. Usted puede, sin proponérselo, no le discuto, desencadenar nuevamente la enfermedad. ¿Usted quiere que la señora recaiga?

Atiné a repetir:

—¿Cómo se le ocurre?

—Entonces ¿me promete que usted no va a extrañar costumbres, o maneras de ser, que la señora haya olvidado?

Le aseguré:

—No entiendo.

Escondió la cara entre las manos. Cuando las apartó, parecía muy cansado.

—Voy a hacer una mala comparación, para ver de ayudarlo. Un señor que había comprado el caballo del lechero, protestaba porque el animal paraba en todas las puertas. Lo llevó a otro señor, para que le sacara la mala costumbre y, cuando se lo devolvieron, protestó porque el caballo no paraba en ninguna parte.

Enojándome por si acaso, contesté:

—No entiendo la comparación.

—Tengo el mayor respeto por la señora —me aseguró—. Eché mano a la comparación en la esperanza, en la ilusión a lo mejor absurda, de que usted me entendiera. Le repito: la señora está cambiada y espero que usted no proteste.

—¿Por qué voy a protestar?

—Uno extraña lo bueno y lo malo.

—¿Qué puedo hacer?

Dijo una frasecita que no olvidaré:

—No me la retrotraiga a las formas de vida de cuando estuvo enferma. —Volvió a taparse la cara con las manos y después miró hacia arriba, con la expresión de quien está contemplando algo maravilloso—. Tal vez convendría un viaje, un cambio de domicilio, pero no pretendo meterlo en nuevos gastos. La solución ideal ¿quiere que le diga cuál hubiera sido la solución ideal?

Le juro que respondí:

—No.

Hablé en voz tan baja que no debió de oírme. Continuó:

—¡Internarlo a usted también!

En ese momento su cara me pareció más angosta y más puntiaguda. Una verdadera cara de lobo. Era pálida, pero la oscurecía la barba sin afeitar.

—Sería malgastar el dinero —protesté como si no diera mayor importancia a lo que estaba diciéndome.

—Vuelvo a las manzanas —contestó—. Si un cónyuge se enferma, el matrimonio se enferma. Usted solamente va a probarme que está sano si no empuja a la señora a sus viejas manías.

—Le prometo —dije.

Volvió a taparse la cara y, de pronto, dio una palmada a la tortuga de bronce que había sobre el escritorio. Me sobresalté, porque era un timbre de lo más estridente.

Apareció Campolongo. El director le preguntó:

—¿Está lista la señora de Bordenave?

El otro tomó su tiempo para contestar:

—Está lista.

Por fin el director ordenó:

—Tráigala. —A pesar de mi confusión, entendí que Reger daba una aclaración inútil—. Vienen a buscarla.

Yo no podía creer lo que estaba oyendo, pero la alegría se me acabó de golpe, cuando vi que Reger sacaba del bolsillo del guardapolvo una papeleta inconfundible. «Por no tener el dinero, todavía no me la van a devolver», pensé. A lo mejor si llamaba por teléfono al Rengo Aldini, o si me largaba, sin demora, a su casa, podría recuperar el dinero prestado.

—No se me ocurrió traer dinero… —murmuré.

A mí mismo me pareció una excusa nada convincente, pero las palabras que dijo Reger Samaniego fueron todavía más increíbles:

—Me paga cuando puede.

Me entregó el papel, se restregó las manos y con aire de comerciante hipócrita agregó: «Mi cuentita». La examiné, nuevamente no pude creer y di vuelta la hoja para ver si seguía del otro lado. No seguía.

—¿Es todo? —pregunté.

—Es todo —contestó.

—Pero, doctor, ni siquiera le pago la manutención.

Para mis adentros yo me decía: «Con lo que tengo en el banco me basta y sobra».

—No se preocupe —contestó Reger Samaniego.

—No es cuestión tampoco de que usted haga caridad.

—No es cuestión tampoco de que se preocupe demasiado —contestó; yo tardé en comprender que ya no me hablaba de la cuenta—. Si, involuntariamente, desde luego, usted propende a reproducir las situaciones anteriores, no faltará, esté tranquilo, quien me avise —en ese punto se golpeó el pecho, para indicar tal vez que yo podía confiar en él— y lo internaré inmediatamente, sin que ello signifique, para usted, una exorbitancia en materia de gasto.

Yo estaba sumido en las más deprimentes cavilaciones cuando oí el grito:

—¡Lucho!

Con los brazos abiertos, dorada, rosada, lindísima, Diana corrió hacia mí. Tuve presencia de ánimo para pensar: «Está feliz porque me ve. Nunca olvidaré esta prueba de amor».

XXXV

Con la mano derecha empuñaba el brazo de Diana, con la izquierda su valija, salíamos del Instituto, volvíamos a casa, yo me sabía el hombre más feliz del mundo. En ese momento extraordinario hablamos de cosas triviales, hasta que al rato Diana me preguntó cómo estaba su padre y si me había tomado rabia porque la había internado.

—Bastante —le dije.

—Trataremos de hacerlo entrar en razón. —Se echó a reír y me preguntó—: Adriana María ¿te anduvo buscando?

—No entiendo.

—¡Te tiene unas ganas!

No cabe duda: las mujeres son más avispadas que nosotros.

Mientras caminaba llevándola del brazo, le aseguro que tuve un fuerte impulso de abrazarla. Usted se preguntará si perdí el sentido de la decencia. Créame que no le cuento estas intimidades por el gusto de ventilarlas, sino porque pienso que pueden resultar significativas para comprender los hechos, tan misteriosos y extraordinarios, que sucedieron después. Para que usted no vaya a suponer que yo estaba un poco loco o siquiera alterado, como Adriana María dio a entender en conversaciones con la gente del pasaje y aun del barrio, es conveniente que sepa en qué estado de ánimo volví a casa. Yo se lo describiría como la simple felicidad de un hombre que vuelve a estar con su mujer después de una larga separación.

Íbamos por esas calles de Dios tan distraídos con nuestra charla y con el placer de estar juntos que no advertimos que habíamos llegado a casa.

—Te preparé una gran sorpresa —le anuncié.

—Decime qué es —contestó.

—Pensá un poco. Algo que siempre quisiste.

—No me hagas pensar —dijo— que estoy muy sonsa. No tengo la menor idea.

—Te compré una perra.

Me abrazó. La tomé de la mano y la conduje a través del portoncito del jardín. Diana salió a recibirnos. Aunque la perra es desconfiada con forasteros, viera qué pronto se hicieron amigas.

—¿Cómo se llama? —preguntó.

—Adiviná —le dije—. Un nombre que te es muy familiar.

—No tengo idea.

—El más familiar de todos.

Después de un rato preguntó:

—¿No me digas que se llama Diana?

—¿Será por eso que la quiero tanto?

—¿Así que a vos también te pusieron Diana? —le preguntó a la perra, mientras la acariciaba—. Pobrecita, pobrecita.

Entró en la casa mirando todo y, cuando apareció Ceferina, la abrazó, lo que me conmovió bastante.

—La comida va a estar dentro de media hora —dijo Ceferina—. ¿Por qué no vas a tu cuarto a sacar las cosas de la valija?

Diana me dijo:

—No te separes de mí.

La tomé de la mano, la conduje hasta la pieza. Todo la maravillaba, se detenía a cada paso, parecía vacilar, creo que temblaba un poco. Sin querer, le pregunté:

—¿Lo pasaste muy mal?

—No quiero acordarme. Quiero estar contenta.

La abracé y empecé a besarla. Su corazón golpeaba con fuerza contra mi pecho.

Se sentó en el borde de la cama, como una niña, y empezó a desnudarse.

—Estoy en mi casa, con mi marido —dijo—. Quiero olvidarme de todo lo demás y ser feliz con vos.

Es una vergüenza lo que voy a decir: lloré de gratitud. De algún modo estaba viviendo el momento que había esperado desde siempre. Otras veces había estado con Diana y aun había sido muy feliz con ella, pero nunca le había oído una tan clara expresión de amor. La abracé, la apreté contra mí, la besé, créame, hasta la mordí. Estaba tan ciego que no me di cuenta de que Diana lloraba. Le pregunté:

—¿Te pasa algo? ¿Te hice mal?

—No, no —dijo—. Soy yo la que debo pedirte que me perdones, porque sufriste por mi culpa. Ahora voy a ser buena. Sólo quiero ser feliz con vos.

Como insistió en sus culpas acabé por decirle que yo siempre la había querido. «Me va a contestar» —pensé— «que ya empiezo con los reproches.» Me miró con esos ojos incomparables y me preguntó:

—¿Estás seguro de que no vas a extrañar mis defectos?

No pude menos que maliciar que Reger Samaniego la habría prevenido sobre la tendencia que él me atribuía a empujarla de nuevo a la locura.

—Te voy a querer más —le dije.

—¿Me vas a querer si soy del todo para vos?

Le besé las manos, le di las gracias. No me arrodillé delante de ella porque Ceferina abrió la puerta y dijo con su voz destemplada:

—Si no acaban pronto se achata el suflé.

Comenté con Diana:

—Qué mujer desagradable.

—Son los celos —explicó Diana, riendo—. No hagas caso.

Vaya uno a saber por qué en ese momento me

dije: «Qué raro. Hoy, mientras hablaba con Reger Samaniego, no se me ocurrió pensar que a lo mejor Diana iba a estar furiosa conmigo porque yo no había impedido su internación. Si me la hubieran devuelto como antes, ahora estaría torturándome con reproches y recriminaciones. Tiene razón Reger. Está cambiada. Está curada».

XXXVI

A los pocos días me encontré, en Carbajal y Tronador, con el doctor Reger Samaniego. Yo iba tan distraído que al verlo me sobresalté. Es verdad que sin la sombra negra de la barba mal afeitada su cara parecía, por la blancura, la de un muerto.

—Qué apuro en pagar —me dijo.

—A mí no me gustan las deudas —contesté.

Creo que la misma tarde que me la devolvieron a Diana, me había largado al Frenopático, a pagar la cuenta.

—¿Y la hija pródiga? —preguntó.

—No entiendo —contesté.

—Usted no cambia —dijo en un tonito desagradable.

—Sigo sin entender —le aseguré.

—¿Cómo está la señora?

—No hay quejas.

Esas palabras me avergonzaron, porque me sentí mezquino. Me pareció que yo le debía mucho al doctor y que sólo por un recelo y por un empaque francamente gratuitos le contestaba así. Desde luego, Diana no me daba motivos de queja. Me iba tan bien con ella que a veces yo me preguntaba si todo acabaría en algún desastre. La vida me ha enseñado que las cosas demasiado buenas por lo general no vaticinan nada bueno; soy, además, un poco supersticioso. En realidad nadie hubiera calificado de extraña la conducta de Diana; a mí, evidentemente, me sorprendía, porque no estaba acostumbrado a que se mostrara tan apegada y juiciosa. No le exagero: Diana dejaba a mi cargo las decisiones, de modo que debí convencerme, con el tiempo, de que en nuestra casa el amo era yo. Como usted recordará, el doctor dijo que uno extraña todo, lo bueno y lo malo; me permitiré agregar que uno se acostumbra demasiado pronto a lo bueno. Yo me acostumbré tanto que un día, porque Diana me pidió que la llevara a la Plaza Irlanda, la miré sin disimular la sorpresa. Cuando iba a increparla, recapacité que mi señora siempre fue propensa a los antojos y que el de ir a la Plaza Irlanda era de los más inocentes. Accedí por último. Era un sábado, lo recuerdo muy bien.

Mientras recorríamos la plaza, no pude menos que preguntarme: «¿Por qué insistió en venir?». No hablaba casi, parecía preocupada. Con la esperanza de entretenerla, le dije que nos arrimáramos al teatro de títeres. Ahí me esperaba un verdadero disgusto. La comedia pasaba en un manicomio y el médico apaleaba a un loco. Temí que Diana recordara sus internaciones y que se hundiera, aún más, en la melancolía. Me equivoqué notablemente. Se rio, aplaudió, como una niña embelesada. Cuando nos retirábamos, moviendo la cabeza comentó:

—Qué divertido.

Quizá porque nunca me faltaron ansiedades, ahora despertaba todas las mañanas con aprensión de lo que el día pudiera traerme; lo que me traía era la confirmación de que las cosas andaban bien. Raramente Diana salía a la calle; para ir al mercado o para pasear a la perra, me pedía que la acompañara.

Una tarde cayó el profesor Standle. Mi señora lo trató con una indiferencia que me dejó pasmado y lo atajó cuando se disponía a someternos a un examen completo sobre la técnica de enseñar perros. El cargoso, que es tan afecto a prolongar las visitas, a los pocos minutos nos dijo adiós y con la desorientación pintada en la cara salió al trote.

Era notable cómo se entendían las dos Dianas. No necesitaban de la palabra; se miraban a los ojos y usted juraba que una sabía qué pensaba la otra. A veces llegué a preguntarme si el hecho de llevar el mismo nombre no las disponía favorablemente. Yo me felicitaba de haber comprado la perra, porque hasta los vecinos más ignorantes me repetían que su presencia había contribuido a la readaptación de mi señora a la vida de hogar.

XXXVII

Una mañana estaba mateando con Ceferina, cuando apareció Diana, que soltó, con el aire más natural del mundo, estas palabras:

—No sé qué tiene el reloj. A cada rato se para. Vas a tener que llevarlo a un relojero.

Ceferina, en lugar de echar el agua en el mate, me la derramó en la mano. Por el amor propio herido, o por la mano quemada, me enojé:

—¿A un relojero? Bueno fuera ¿para qué estoy yo?

Desde que volvió a casa, por primera vez le hablaba destempladamente.

Me fui al taller con el relojito, una máquina muy sólida, un Cóncer que le compré el año pasado, para las fiestas, en la calle José Evaristo Uriburu.

Al rato llegó Ceferina y me dijo:

—Vos fuiste siempre trabajador.

—¿Qué me decís con eso? —le pregunté.

—Que me recordás a esos mocitos que son un modelo hasta que se les cruza la primera pollera. Estoy segura que tenés el trabajo atrasado. Qué pensarán los clientes.

—Todo el mundo se toma sus vacaciones.

—Una pregunta: si te gustaba tanto la Diana

¿por qué te gusta ahora? Está cambiada. Fíjate: desde que ha vuelto, ni siquiera le ha salido un herpes en el labio.

No vaya a creer que me hablaba en broma.

Pensé que el doctor Reger Samaniego tuvo razón de prevenirme contra la tentación de empujar de nuevo a Diana a sus manías. Aunque la tentación no partía de mí, yo debía estar alerta para no ceder a los comentarios intencionados de la gente que me rodeaba. La recomendación del médico, que grabé en la memoria, en ese momento se me presentó como un verdadero apoyo.

—Decime francamente —le pregunté a Ceferina— ¿vos no creés que se te va la mano con mi señora? Te ensañás demasiado.

—No me ensaño con tu señora.

Lo que hay que oír. Acto continuo, Ceferina se encerró en una de esas lunas que le son tan propias.

Por su parte Diana empezó un verdadero trabajo de paciencia para que la familia volviera a visitarnos. No lo va a creer: Adriana María le contestó que no tenía ninguna obligación de aguantarme, porque no estaba casada conmigo, y que si Diana quería verla, nadie le iba a cerrar la puerta en la casa de su padre.

Don Martín se dejó convencer, atraído seguramente por la promesa de un almuerzo preparado por Diana. ¿Cómo iba a sospechar el pobre, que ahora, en casa, cocinaba Ceferina? Vino al otro día. Según Diana, el viejo y yo nos miramos con tanta desconfianza y hosquedad que ella se preguntó si por impaciencia no había arruinado toda posibilidad de reconciliación. En este punto debo reconocer que mi señora, en el Frenopático, debió de aprender a disimular el estado de ánimo —lo que puede ser útil— porque, lejos de manifestar ansiedad, echó a reír y dijo en un tono irresistiblemente cariñoso:

—Parecen dos perros que no se deciden por jugar o pelear. Papá, tenés que perdonarlo, porque lo hizo por mi bien.

Don Martín no cedía, pero finalmente dijo:

—Lo perdono si promete que nunca más volverá a encerrarte.

—No va a ser necesario —afirmó Diana con la mayor convicción.

Abrazando efusivamente a don Martín, repetí:

—Lo prometo, lo prometo.

A pesar de su carácter desconfiado y frío, don Martín no pudo menos que notar mi sinceridad. Pasamos al comedor. La comida le deparó una desilusión considerable, pero cuando temíamos lo peor, reclamó mis pantuflas y respiramos aliviados. Concluimos la noche brindando con sidra. La vieja Ceferina, que aparecía de vez en cuando y nos miraba con desprecio, estropeó un poco, por lo menos para mí, esos momentos de expansión familiar.

XXXVIII

Tan ocupados estábamos en las simples ocurrencias de la vida diaria —mejor dicho, en la felicidad de encontrarnos juntos— que le juro que se me pasó por alto el 17, que es el aniversario del casamiento. Una noche, después de comer, no sé cómo recordé la fecha y ahí mismo junté valor y confesé el olvido. El coraje, de vez en cuando, recibe su recompensa. ¿A que no sabe qué me contestó Diana?

—Yo también lo olvidé. Si uno se quiere, todos los días son iguales.

—Igualmente importantes —dije, vocalizando con lentitud y satisfacción.

La miré a Ceferina: estaba con la boca abierta. Al rato Diana se fue a la cama. Yo le pregunté a la vieja:

—¿Qué te parece?

—Que habla como una maestrita.

—No seas mala. Yo creo que antes me hubiera hecho una escena.

—Es probable —dijo, apretando los labios.

—No me vas a negar que del Frenopático ha vuelto cambiada.

La vieja sonrió de su manera más desagradable y se fue.

A mí siempre me quedará el consuelo de pensar que a través de las alternativas de estos últimos tiempos me sentí invariablemente unido a Diana.

XXXIX

El sábado me pregunté con algún resquemor si Diana de repente me pediría que la llevara a la Plaza Irlanda. A la hora de la siesta, cuando menos lo esperaba, hizo el pedido, que oí con un sentimiento bastante cercano a la tristeza. Me avine, desde luego, a su voluntad y al atardecer llegamos a la plaza, que recorrimos durante unos cuarenta minutos, en silencio.

Indudablemente Reger sabía de qué hablaba cuando me indicó la necesidad de resistirme contra la tentación de empujar a Diana a su antigua manera de ser. Como sugiriendo algo tremendo y con cualquier motivo, Ceferina sabía decirme: «¿Vos creés que hicieron un buen trabajo en el Frenopático? No estoy segura de que la prefiera cambiada». En otros tiempos, cuando mi señora tenía mal genio y era algo paseandera, el ensañamiento de la vieja me molestaba; ahora me parecía por demás injusto. Ese mismo sábado la enfrenté sin miramientos y le dije lo que pensaba.

—Vamos a hacer una prueba —contestó.

Empuñó el teléfono y marcó un número. Yo la miraba sin entender, hasta que la indignación me llevó a protestar airadamente. No era para menos. La vieja llamaba a Adriana María y de mi parte la invitaba para que viniera a almorzar el domingo, con Martincito y con el chiquilín de los vecinos.

—¿Cómo voy a invitar a una mujer que me ha insultado y calumniado sin ningún motivo?

No hizo caso. Como si el que protestara fuera un chico o un loco, en tono severo agregó una recomendación:

—Ni por descuido le hables a tu mujercita del almuerzo de mañana.

Sin dejarme arredrar, contesté:

—Y por tu lado llamá a la familia y deciles que el convite quedó en nada.

Fui terminante porque me sentía seguro de mis razones. Preguntó:

—¿Se puede saber por qué?

—¿Cómo por qué? Vos ya ni te acordás de la fecha en que vivís.

—Tenés razón —dijo—. Mañana es 23 y pasado Navidad.

—Vale decir que por un capricho tuyo vamos a cargar con la familia dos días seguidos.

—Habrá que aguantar el chubasco —dijo—. Ya no podemos dar marcha atrás.

También Ceferina fue terminante. Para mis adentros convine que no podíamos dar marcha atrás, pero el programa de pasar el domingo y la noche del lunes con la familia me pareció igualmente imposible.

A la noche, mientras buscaba el sueño, hice un descubrimiento que me sobresaltó. Me dije que mi desconfianza por los médicos era injusta, que las recomendaciones de Reger resultaron atinadas y que yo no volvería a dudar de su buena intención. No había concluido el pensamiento cuando me retorcí como quien siente una puntada.

Más dormida que despierta, Diana preguntó:

—¿Te pasa algo?

—Nada —contesté.

No podía explicarle que en ese momento había descubierto que la cara pálida que me espiaba la otra noche desde la ventanita del taller era la de Reger Samaniego.

XL

Al otro día, a la mañana, Diana me preguntó cómo había dormido.

Le dije que había pasado la noche en vela.

—Vas a dormir esta noche —aseguró.

La miré, pensé que era más linda y ahora más buena que nadie y decidí no hacer caso a la gente de afuera. «Ceferina siempre inventa motivos de inquietud», me dije. «Si viviéramos solos, Diana y yo seríamos felices.» Al rato nos levantamos y fuimos a matear. Con una vocecita dulzona, que me puso en guardia, Ceferina le habló a mi señora:

—Como es domingo invité a tu padre y a tu hermana. Van a traer al chico. ¿Por qué no te hacés ver y preparás para el almuerzo tus famosos pastelitos de choclo?

Notablemente deprimida, Diana protestó:

—Hoy no tengo ganas de cocinar.

Me acuerdo que pensé: una prueba irrefutable de cómo Ceferina la perturba. La vieja insistió:

—Hay que celebrar la reconciliación.

—No hay que darle demasiada importancia.

Siguieron el debate, en tono amistoso, hasta que la vieja se ladeó y dijo intencionadamente:

—Acordate que para vos todos los días son de aniversario.

Créame, Diana parecía una pobre colegiala a quien la maestra llamaba al frente para tomarle una lección que no sabía. En medio de su confusión, tuvo una ocurrencia que nos hizo reír.

—¿Venís, Lucho? —me dijo—. Vamos a comprar la masa y una lata de choclo.

No me va a negar que la ocurrencia tenía gracia, particularmente en boca de una cocinera que pone tanto escrúpulo y amor propio en los platos que prepara. ¿Qué pasaba? El ama de casa que siempre exigió del verdulero los choclos más frescos ¿ahora se avenía a comprarlos en lata? Todavía algo más increíble: una cocinera, tan orgullosa de la liviandad y del sello inconfundible que según es fama lograba en pasteles, empanadas y demás repostería ¿iba a comprar la masa en la fábrica de pastas?

XLI

Muy segura de sí, la vieja ordenó a mi señora:

—Armate de papel y lápiz.

Diana acató la orden y, con una docilidad que usted se hacía cruces, tomó al dictado la lista de lo que traeríamos. Yo me dije que a su debido tiempo, cuando el recuerdo de la internación no la afectara, le preguntaría a Diana cómo se las ingeniaron en el Frenopático para doblegarle el carácter.

Antes de salir, le recomendé a la vieja:

—Ojo con la perra. No sea que la roben.

—Mientras esté conmigo, no la van a robar —contestó—. ¿O qué te creés? Cada cual defiende lo que quiere —agregó mirándome en los ojos, como si yo fuera a entenderla. Yo no entendía nada.

Comentamos con mi señora que la perra había conquistado el cariño de todo el mundo. Cuando llegamos al almacén de la esquina de Acha, apareció Picardo. El pobre infeliz, que estaba paquetísimo, pasó de largo, sin saludar.

—¿Qué le dio a ése? —pregunté.

—¿A quién?

—A Picardo. No me saludó.

Fuimos después al mercadito. Al verla a Diana tildando escrupulosamente la lista que le dictaron, no pude menos que preguntarme si la vieja le habría echado el mal de ojo. Recordé entonces las recomendaciones del médico y nuevamente reconocí que fue previsor.

Desembocamos en el pasaje y en la otra punta, en el jardín, divisé a la vieja frente a la puerta. Cuando nos arrimamos, levantó los brazos en alto y anunció:

—Vino a verte Aldini para decir que a Elvira la encerraron en el Frenopático.

Atiné a exclamar:

—No puede ser.

Con los ojos entrecerrados, Ceferina miró a Diana y comentó:

—Ya veremos cómo se la devuelven.

Yo seguía tan perturbado que no pronunciaba palabra. Dije por fin:

—Me voy a lo de Aldini.

Diana se me abrazó y murmuró en mi oído:

—No te vayas. No quiero estar sola con esta bruja.

—Voy y vuelvo —expliqué.

—Llevame.

—No puedo.

Verdaderamente triste, o asustada, me pidió:

—No tardés.

XLII

Aldini estaba en el patio, sentado en la punta de un largo banquito de pinotea, con el mate en la mano, la pava al lado y Malandrín a los pies.

Cuando me vio levantó como pudo un brazo, lentamente lo movió en derredor y dijo:

—Perdoná el desorden. Este patio es la pantomima acuática. Sin la señora en casa, el hombre vive como un verdadero chancho. Con decirte que Malandrín, lo que nunca, ensucia adentro.

Pregunté:

—¿Qué pasó?

—¿Qué querés que pase? —contestó—. El desorden y la mugre se acumulan. Sentate.

Me senté en la otra punta del banquito. El Rengo, que por lo general despliega una inteligencia muy superior a la mía, esa mañana se mostraba notablemente disminuido. Será lo que dice don Martín, que la tristeza apoca el cerebro. Levanté la voz para que entendiera:

—Te pregunto qué pasó con Elvira.

—¿Qué querés? —contestó—. Hubo que encerrarla.

Trabajosamente me alargó el mate. Medité mientras chupaba y después me atreví a preguntar:

—¿No se habrán cebado con nuestras señoras?

—¿Cebado…? —repitió mirando fijamente la espuma.

Aclaré con una vocecita, entre irónica y satisfecha, que yo mismo reputé desagradable:

—A lo mejor, che, nos tienen de clientes.

Tal vez con injusticia olvidaba la grata sorpresa que me deparó, en su momento, la cuenta del Frenopático y recaía en mi vieja tirria contra el doctor.

—No, no —protestó Aldini, para agregar con tristeza—: Últimamente la pobre Elvira estaba muy cambiada.

Ahora me tocaba a mí el turno de esforzarme por entender.

—¿Muy cambiada? —repetí.

—No sé qué tenía. No era la misma —dijo.

Mientras tanto yo chupaba un amargo y recapacitaba.

—¿Por qué no me llamaste? —pregunté.

—No te vi. Salís poco desde que volvió Diana y siempre con ella. Si por fin has encontrado lo que se llama la felicidad, no soy yo el que va a arruinártela con tristezas.

—Ya te la devolverán a Elvira —le dije.

—Va para largo.

—Yo también conocí una espera interminable, pero un día me la devolvieron.

—¿Cambiada? —preguntó en un hilo de voz—. ¿Cambiada para bien?

En tono firme repuse:

—Cambiada.

—Ojalá que yo tenga la misma suerte.

—Vas a tenerla.

Se veía que el pobre Aldini estaba demasiado triste para que lo animaran con palabras, por atinadas que fueran. Mateamos en silencio y, como no sabía qué decirle, prolongué desmesuradamente la visita. Por último me levanté:

—Cuando me necesités —le dije—, llamame. Te lo pido en serio.

Me miró con ansiedad, como si mi partida lo sorprendiera. Aunque me afligía el remordimiento, porque era innegable que en las últimas semanas lo había olvidado por completo, me fui a casa.

Cómo cambiaron los tiempos. Antes, en el pasaje, usted hacía de cuenta que vivía en el campo; no se oían ni los pájaros. Ese domingo, porque era víspera de Navidad, cuando no esquivaba un buscapié, quedaba sordo por un cohete. Yo no sé qué les ha dado a los chicos del barrio, pero le aseguro que más que festividad esto parece la guerra mundial. La primera víctima es la perra, que de miedo no quiere salir de abajo de la cama.

Mi señora no estaba en la cocina. Antes que preguntara por ella, Ceferina me dijo:

—No embocaba una, así que la mandé a vestirse.

Volví a pensar en Aldini. Le dije:

—No me vas a creer. Si en la última semana me acordé una vez del Rengo, es mucho.

—El amor y la amistad no congenian —sentenció la vieja—. Cuando uno está en auge, la otra decae.

Después dice que Diana habla como una maestrita. Para no empezar una nueva pelea, enderecé a la puerta.

—¿Te vas? —preguntó.

—A vestirme —contesté.

Hay gente que siempre tiene a mano su reserva de irritación. ¿A que no sabe cuál fue el comentario de Ceferina?

—El señor se enoja porque le invito a la cuñada, pero cuando viene le presume.

Me aguanté por segunda vez. A mis espaldas, la vieja murmuró bien alto:

—Los hombres son como perros.

Desorientado me pregunté si bastaba mi amor por Diana para que Ceferina me aborreciera.

XLIII

Con verdadera aprensión rememoro esos últimos días. Reaparecen en la mente rodeados de una luz extraña, como si fueran vistas o cuadros de una pesadilla en progreso, donde todo el mundo, los chicos y las personas que llevo más adentro en el corazón, de pronto persiguen algún increíble propósito de maldad. No le pido crédito para mis apreciaciones, que podrían resultar la divagación de un cerebro ofuscado, pero le garanto que en la narración de los hechos pongo el mayor escrúpulo de exactitud. Recuerde por favor que le escribe un relojero.

Se produjo la primera disputa —en ella los de casa nos mantuvimos como simples espectadores— cuando Adriana María les prohibió a los chiquilines que salieran a la calle.

—Te olvidás que son chicos y no señoritas —protestó don Martín—. La expansión propia de un varón normal es tirar cohetes, despanzurrar gatos y pelearse a puñetazos.

Discutieron largo y tendido. Yo, en mi fuero interno, le daba la razón a Adriana María, pero deseaba el triunfo de don Martín, para que nos viéramos libres, por un rato al menos, de Martincito y de su amigo.

Agravaban el ambiente de sobresalto general, los continuos pero siempre intempestivos estallidos de cohetes en el pasaje y en todo el barrio a la redonda.

Como suele ocurrir, a la hora de la leche, se aflojó la tirantez y hasta hubo risas. La causa de esa jarana era por demás desagradable. Pero vayamos por partes, como predica mi suegro. El almuerzo y la hora de la siesta no sólo se prolongaron considerablemente, sino que resultaron lo que se dice movidos.

—Únicamente un rencoroso no perdona a un niño —me espetó, ya no sé cuándo, mi cuñada.

Quizá no le faltara razón, pero le aseguro que Martincito y su amigo, un gordo paliducho, nos volvieron locos a todos, en particular a Diana, lo que me disgustó, y a su tocaya, la pobre perra, que se mantuvo el santo día con la cola entre las patas. Recuerdo que Diana se arrimó, para decirme en voz baja:

—Me voy a tomar una aspirina, porque no doy más.

Debo reconocer que don Martín permaneció

imperturbable. Era el gran capitán en el puente de mando, sordo a las penurias de la tripulación. Porque seguía una serie que le interesaba notablemente, no quitó los ojos de la pantalla para descalzarse de una de mis pantuflas, empuñar al gordo por el cogote y azotarlo con más rabia que si fuera la alfombra.

—Ave María, qué manera de tratar a un convidado —protestó la cuñada—. Si mañana la vecina me viene con problemas, le digo que hable con vos.

Por mi parte lo defendí al suegro, porque los chiquilines jugaban al escondite detrás de la cortina o debajo de la mesa y continuamente lo sorprendían a uno, sin dar respiro para preguntarse cuál era cuál.

Fui a la pieza a ver qué pasaba con mi señora, que no volvía. La encontré tirada en la cama, con un pañuelo mojado en la frente.

—Pobre Lucho —me dijo—. Cuánto me has de querer para aguantar a esta familia.

Le di las gracias por su bondad, la miré largamente en los ojos, la besé. Estrechamente unidos, volvimos a la reunión, como dos cristianos al pabellón de los leones. La confusión alcanzó el punto álgido cuando Adriana María pidió a su hermana que llevara a Martincito a la cocina, a tomar la leche. Ante el asombro universal, Diana se presentó con el gordo. Todos, créame, soltamos la risa, incluso don Martín. La pobre Diana se puso colorada y se tapó la cara con las manos; yo tuve miedo de que largara el llanto ahí mismo. Para empeorar las cosas, la vieja comentó:

—Ahora no reconoce al sobrino que tanto quiere.

Por fortuna a mi suegro le cayó mal la frasecita y resoplando de rabia preguntó:

—Vamos por partes. Primero usted me dice qué se propone al hablarle así a mi Diana, que recién ha salido del manicomio.

Estas palabras quizá no fueran las más atinadas, pero me arrancaron lágrimas, porque lo mostraban a don Martín como partidario acérrimo de mi señora.

Aunque esté mal que yo lo diga, le garanto que si no fuera por ella, por su bondad y por su don de gentes, pasamos la típica tarde de familia; usted sabe, de conventillo y de sainete. En algún momento, Adriana María, toda almibarada, me reclamó el árbol genealógico, que por un error muy disculpable llamó *ginecológico*. Diana la escuchó sin pestañear, Ceferina lanzó pullas y don Martín, que actuó de supremo pacificador, nos obligó a tragarnos otra serie en la televisión. Cómo se habrá portado de bien mi señora, que la misma Adriana María, en un aparte, me la ponderó (en un tonito suficiente, eso sí, dando a entender que ella y yo nos comprendíamos como si fuéramos cómplices, lo que siempre me enoja). Cuando por fin la familia se retiraba, mi señora anunció:

—Los acompaño hasta la parada del colectivo.

—Qué parada ni parada —protestó don Martín, con esa grosería en que se maneja tan cómodamente—. Después de este encierro obligado, los pulmones piden aire puro. Vamos a la placita Zapiola.

—Mejor —exclamó Diana—. Un buen paseo para la perra.

—Pobre perra —dije—. Con el miedo que le tiene a los cohetes, más que paseo va a ser una tortura.

—Tiene que salir —me dijo con impaciencia la vieja—. Sabés perfectamente que adentro de la casa no hace nada.

—Tenemos el jardín para sacarla —repliqué.

—En el jardín tampoco hace nada, porque tiene miedo y quiere entrar —contestó mi señora.

Como ve, no siempre está en contra de lo que dice la vieja.

—Tratá de encontrar para la próxima el árbol ese —me pidió Adriana María—. Lo metí no sé dónde, en el dormitorio de ustedes. ¡Tengo una cabeza!

Porque pensaba en cuestiones que me tocaban de cerca, tardé en comprender que me hablaba del árbol genealógico; recordaba unos tiempos, ahora inimaginables, en que no salía mi señora sin que yo me hundiera en la angustia y el recelo. Pensé, le juro, que no debía quejarme de la suerte.

XLIV

Cuando la familia se alejaba, recapitulé mentalmente la tarde, la califiqué de verdadera pesadilla y, después, recordando un dicho muy del gusto de Aldini, de pantomima acuática. Perdone si la impropiedad de ese dicho le molesta. Yo lo empleo porque señala sin atenuantes el aspecto confuso y a lo mejor cómico de los hechos que sucedieron; aspecto que para mí los vuelve más tristes.

Como se habían ido las visitas, yo entraba en casa con un sentimiento de alivio. Ceferina entonces declaró:

—Este paseo me va a dar un tiempo precioso para que le revise las pertenencias.

En un principio no comprendí, o no pude creer; luego formalmente me opuse.

—¿Cómo te imaginás que voy a permitir esa barbaridad?

Preguntó:

—¿Qué hay de malo?

—¿Cómo qué hay de malo? —repetí.

Para lograr lo que se propone es muy zorra.

—Si no encuentro nada, seré la primera en reconocerlo.

Saqué fuerzas de mi lealtad y no cedí en lo más mínimo. Se lo dije claramente:

—Yo, che, soy leal a mi señora.

Se enojó como si viera en mis palabras algo

censurable y hasta ridículo. A veces parecería que le molesta a una mujer que un hombre le asegure que es leal a otra. Ceferina disimuló como pudo la furia, para preguntar en el tonito más dulzón:

—Dejándome con la duda ¿qué ganás?

«Nada» me dije. «Que me cansés y atolondrés con indirectas ¿o no recuerdo lo porfiada que puede ser?» Mientras nos demorábamos en el debate, avanzábamos a la pieza y antes que yo comprendiera el significado de sus actos, empezó a registrar el ropero. Cuando me recuperé del asombro, le grité:

—¡Es un atropello! ¡No lo voy a permitir! ¡Se da vuelta Diana y ya nadie la respeta!

—¿Le tenés mucha fe? —preguntó, casi afectuosamente.

—Una fe absoluta —respondí.

—¿Entonces por qué no dejás que siga? La que va a quedar mal soy yo.

—No lo voy a permitir —repetí, porque no se me ocurría otra cosa.

Aunque nadie lo crea, en ocasiones la vieja me confunde. Por ejemplo, lo que dijo a continuación me pareció, por el término de un minuto —el minuto decisivo, por desgracia— inobjetable.

—Si fracaso —declaró con la mayor solemnidad— nunca más digo una palabra contra Diana. ¿Por qué no te das una corridita hasta el portón? Sería molesto que apareciera de golpe.

Corrí hasta el portón, me asomé, volví a la disparada. Estaba tan perturbado que si no me contengo le digo: «No hay moros en la costa». Le grité:

—No sigas.

—Falta poco —aseguró, sin perder la compostura ni interrumpir la busca.

—¿No comprendés que no hay nada? —le pregunté—. Acabá de una vez.

—Si no encuentro nada ¿quién te va a aguantar?

La salida me hizo gracia; hasta me halagó. Después me pregunté qué estaría buscando con ese ahínco la vieja. Sin dejar ver mi inquietud, repetí:

—Acabá de una vez.

—Quiero dejar todo en orden —dijo, como una persona juiciosa—. ¿Por qué no te das otra corridita a ver si viene?

Me enojé, porque decía que iba a poner las cosas en orden, pero seguía revolviendo. Le confieso que por mi parte pensé: «Sería desagradable que Diana apareciera de golpe». Corrí de nuevo hasta el portón. Cuando volví al dormitorio, Ceferina agitaba en alto, con aire triunfal, una fotografía. No sentí curiosidad, sino más bien cansancio y miedo. Miedo tal vez de que una inconcebible revelación destruyera todo para siempre.

La vieja tenía la foto agarrada por una esquina; no la soltaba ni me dejaba verla. Por último la mostró. Era una chica, en un parque; una chica de unos veinte años, bastante linda, pero flaca y, yo diría, triste. Me quedé mirándola con una especie de fascinación, que yo mismo no atinaba a explicarme. Por fin reaccioné y pregunté:

—¿Qué hay con eso?

—¿Cómo qué hay con eso?

—Claro —dije—. Si fuera un tipo estarías feliz.

Debí de golpearla en un centro muy sensible, porque abrió la boca y volvió a cerrarla sin articular palabra. Se recuperó demasiado pronto.

—¿A vos te habló de la chica? —preguntó—. A mí no.

—¿Por qué va a hablar de todo el mundo? A lo mejor es una compañera del Frenopático y no la menciona por una delicadeza y por un respeto que vos no podés entender. O simplemente no quiere acordarse de esos días.

Creo que me anoté un punto. Ceferina aflojó la mano y yo le saqué la fotografía. Vi que el papel estaba despegado y enrollado en el ángulo que la vieja tuvo entre los dedos. Cuidadosamente lo desenrollé, lo estiré sobre el cartón; apareció entonces la inscripción impresa: *Recuerdo de la Plaza Irlanda*. Me desconcerté un poco.

Oímos los ladridos de la perra y —usted no lo va a creer— nos miramos como dos cómplices. Ceferina tomó la fotografía.

—La dejo donde estaba —declaró.

La metió entre las prendas de vestir y con la

mayor tranquilidad se puso a arreglar el ropero. Salí a recibir a Diana —me avergüenza decirlo— para que la otra tuviera tiempo. Diana me entregó un paquetito.

—Para vos —dijo.

Se fue a dar agua a la perra. Rumbo a la cocina, apareció la vieja con un aire satisfecho, de lo más ofensivo. Le mostré el paquetito y le dije:

—Mientras yo consentía tus desmanes, Diana me compraba un regalo.

Me contestó por lo bajo:

—No sabemos quién es.

XLV

Cuando abrí el paquetito, descubrí con disgusto que el regalo de Diana era un somnífero. Destempladamente le pregunté:

—¿Cómo te imaginás que voy a tomar esto?

La verdad es que yo no necesito somníferos y que el hecho me enorgullece.

Insistió:

—Anoche no pegaste los ojos. Tenés que descansar.

Creo que entonces me enojé. Repetí la pregunta:

—¿Cómo te imaginás que voy a tomar esto? Te garanto que no van a encontrar rastros de droga el día que me hagan la autopsia.

El tema debía de interesarme, porque seguí con la peroración en un tono, que si no era deliberadamente hostil, resultaba violento por lo apasionado. De pronto noté que Diana estaba tristísima. Me avergoncé y yo también me entristecí; hubiera hecho lo imposible por contentarla. Su regalito quizá fuera desatinado y su insistencia inoportuna, pero mi culpa era mayor: ciego de amor propio, aunque la quería más que a nada en el mundo, la atormentaba. Desde que volvió del Instituto, yo nunca le había hablado de ese modo y antes no me hubiera animado. Le pedí perdón, reconocí mi grosería, empecé a mimarla, pero evidentemente no alivié su tristeza. Recuerdo que mientras miraba esa cara tan apenada y tan linda me pregunté, como quien concibe una sospecha absurda, por qué estaría más triste Diana: por la aspereza de mis palabras o simplemente por el hecho de que yo no iba a tomar las gotas. Me avergoncé de este pensamiento, que reputé mezquino, me dije que yo continuamente recibía pruebas de amor de Diana y que ella, por lo menos en este último tiempo, nunca se mostraba empecinada ni caprichosa.

Ceferina abrió la puerta bruscamente y anunció:

—La cena está lista.

Dio media vuelta y masculló una frase que interpreté como: «La otra por lo menos cocinaba». Yo creo que Diana le tiene miedo, porque usted viera qué pronto se olvidó de la tristeza. Con la mayor solicitud ayudó a servir e insistentemente procuró reanimar la conversación. Buena voluntad inútil: concluimos la comida en silencio.

Mientras las mujeres lavaban los platos, yo hacía la parodia de leer el diario y luchaba contra la modorra que sin necesidad del menor somnífero me voltea si la noche antes no he dormido. A la vieja no se le escapa nada, así que no es milagro que dijera:

—Vos también estás hecho un haragán. Hasta que volvió Diana eras un modelo: cuando yo me iba a dormir, todavía trabajabas con los relojes; lo que es ahora, ni de día ni de noche te acordás que existen. ¿Vas a vivir del amor de tu señora?

—Yo creo —le respondí— que hasta el último esclavo tiene derecho a vacaciones.

No bien volvimos al dormitorio, Diana recayó en la tristeza. Por no saber cómo reanimarla, finalmente le dije:

—No te preocupés. Voy a tomar las gotas.

Yo pensé que para salvar las apariencias me contestaría que si no quería no las tomara. Como si temiera que me arrepintiese, contestó en el acto:

—Voy a buscar un vaso de agua.

XLVI

Me acordé entonces de historias contadas tiempo atrás por Picardo, de individuos que echaban dos o tres gotas de alguna droga en el café con leche de señoritas, para exportarlas dormidas a Centroamérica. A pesar de mi honda preocupación, en chanza me pregunté dónde me exportarían.

Usted no se hace una idea de lo difícil que es convencer a otra persona de que uno va a tomar un remedio y no tomarlo, sobre todo cuando esa otra persona, aunque lo disimule, vigila. Desde luego que yo no he de sobresalir por los dones de mago y de fumista. La situación, que ahora describo al pasar, duraba más de la cuenta, así que me largué al baño con el vaso —caminando apurado, porque Diana me seguía— tiré el contenido en el lavatorio, mojé con agua la boca y dije:

—No es feo.

Entiendo que mi señora me observaba con desconfianza. Lo que en definitiva me ayudó a tranquilizarla fue el sueño que realmente me dominaba. Para convencerla mejor me fregaba los ojos y bostezaba, en un simulacro que aumentaba mi estado de somnolencia, al extremo que me dormí, para despertar al rato, con un sobresalto que disimulé sin demora. Ese jueguito se repitió y al entreabrir los ojos yo encontraba invariablemente los de Diana, mirándome con atención, casi diría, con severidad. Ya sé que en altas horas de la noche, a lo mejor porque se confunden el pensamiento y los sueños, parecen posibles cosas de todo punto estrafalarias; la verdad es que yo tenía entonces por seguro que Diana, con un designio que me ocultaba, quería que yo me durmiera. Dicen algunos que es una vergüenza asustarse de una mujer; yo le confieso que tuve miedo. El primer síntoma fue un desvelo muy corto, eso sí, porque el sueño volvió a vencerme. Soñaba disparates, que Diana iba a sacar ventajas de mi sueño, que no sólo era maligna sino también falsaria. Por momentos el miedo fue tan vivo que me despertó. En uno de esos despertares —no me pregunte si fue en el tercero o en el cuarto, porque perdí la cuenta— no me encontré con los maravillosos ojos de mi señora. Prudentemente moví la cabeza y hasta me incorporé un poco, en un esfuerzo por descubrir dónde estaba; recuerdo que me creí solo —no con alivio, sino con angustia, con otra angustia, que me recordaba tiempos pasados— hasta que un rumor, como de un ratón entre papeles, me hizo mirar hacia la cómoda. Ahí la vi, revisando mis cajones, como horas antes había revisado su ropero Ceferina. Le juro que al principio me creí el espectador de una pantomima sin más propósito que el de avergonzarme. Casi le grito que la vieja obró contra mi voluntad y que no encontró nada. Me contuve, porque bastaba mirarla para entender que en serio buscaba algo. Por más que reflexioné y pasé revista a los objetos de mi pertenencia, no recordé ninguno que justificara tanto empeño. «Salvo el Eibar», pensé. Dígame ¿para qué Diana iba a necesitar un revólver? «Para matar a Ceferina» me dije, porque estaba dispuesto a encontrar atadero a cualquier disparate. Después reflexioné que la vieja no podía importarle mayormente y que sin duda buscaba el revólver para matarme y quedarse con mis cosas. El miedo lo lleva al hombre a concebir pensamientos que son una vergüenza. Yo me salvé de hundirme del todo en ese bochorno, porque Diana interrumpió su trabajo, como quien halla lo que busca. Me incorporé un poco más y vi que estudiaba una hoja de papel. El estudio ese le llevó un tiempo extraordinario; después guardó el papel en el segundo cajón de mi cómoda. En arreglar las cosas no puso más cuidado que Ceferina: una mala comparación, porque mi cómoda fue siempre un revoltijo y Diana tiene su ropero en orden.

De repente me pareció que Diana se volvía y me eché en la cama. Al golpeteo de mi corazón lo acallaron los pasos que se arrimaban. Diana se inclinó sobre mí, le juro que me dio un beso en la frente y que dos veces pronunció la palabra *pobrecito*. Esa palabra obró como un bálsamo, porque me recordó a mi madre. Con los párpados entrecerrados la miré en los ojos y me dije que Diana me protegía de todos los peligros del mundo. De este sentimiento de seguridad pasé a sospechas y miedos increíbles. No sé cómo ni por qué me dio por preguntarme quién estaba mirándome desde los ojos de Diana.

XLVII

Después mi señora rodeó la cama, apartó las mantas y con movimientos muy suyos, que le conozco de memoria, se acostó; como siempre ensayó primero un lado y después el otro (una vez me dijo que somos todos perritos que no se deciden por la postura para echarse) y finalmente se durmió. Al rato, menos por curiosidad que por el afán de matar el tiempo, tomando toda suerte de precauciones para no despertarla, me levanté y me dirigí a la cómoda. Con la sorpresa que es de imaginar, al abrir nomás el segundo cajón descubrí que el papel tan ansiosamente buscado por Diana era el árbol genealógico. «Al fin y al cabo» —me dije— «es una Irala y por algún lado tenía que reventar su parecido con el resto de la familia.» No lo dije, desde luego, contra Diana. Mi reacción, en el primer momento del hallazgo, fue de ternura. Sentí un impulso de abrazarla, despertarla, contarle mis malos pensamientos y pedirle que me perdonara. Con ese propósito enderecé a la cama, cuando sin querer propuse otra interpretación de su empeño por encontrar el árbol genealógico. «Quiso estudiarlo» —pensé— «porque es otra. Le conviene conocer los antecedentes de familia, saber, por ejemplo, cómo se llamaba su madre. Todo está ahí.» Al rato, como si ya tuviera por seguro que esa interpretación era la exacta, agregué: «Para peor le tocó a la pobre una familia que siempre encuentra pretextos para sacar a relucir los choznos».

Ya en cama seguí cavilando hasta que en algún momento pregunté si no desvariaba. «Tanto más natural de mi parte sería pensar que se acordó del árbol genealógico, que tuvo ganas de preguntarme dónde buscarlo y que me miraba porque si yo estaba realmente dormido, no quería despertarme.» Ya me abandonaba a una sensación de alivio, cuando reflexioné que mucho antes de emprender la busca porfió para que tomara las gotas. A lo mejor había insistido en las gotas por entender que esa noche yo tenía que dormir bien. En las clínicas y en otros puntos donde se codea con el cuerpo médico, la gente toma la mala costumbre de consumir, por cualquier motivo, remedios. Por mi parte quizá exagerara mi aversión a las gotas. A lo largo de ese día interminable, junto a mi señora encontré el único refugio y después, porque me compró un somnífero, empecé a imaginar cosas y a desconfiar. Repasando las mismas cuestiones acabé por dormirme. A eso de las ocho, no sé qué sobresalto de un sueño me despertó. En cuanto levanté los párpados encontré los ojos de mi señora, mirándome fijamente, como si quisiera desentrañar un secreto que hubiera en mí. La idea me hizo gracia, iba a decirle que yo no tenía secretos, pero de pronto me pareció que el secreto estaba en ella y me asusté.

XLVIII

Como no aguantaba mis nervios me levanté y fui al lavatorio. Hasta aburrirme hundí las muñecas en el agua fría; después me las pasé por la frente y la nuca. Me encontraba desorientado, convencido de que así no podía seguir y llegué a preguntarme si de pronto no me largaría al Instituto, para que me aplicaran cualquier inyección o a lo mejor me internaran. Así no podía seguir.

El mate que, según leí en el *Mundo Argentino*, agita los nervios, me tranquilizó. Por mínima atención que pongamos, algo nos entretenemos en tomarlo y pasarlo después para que lo ceben y lo tome otro. Yo diría que la redondez de la calabaza infunde en la mano satisfacción: no me pregunte el motivo. Seguramente yo discurría sobre todo esto para no pensar en lo que me atormentaba. En parte lograba ese intento.

Diana y Ceferina comentaron la pereza de aguantar, nuevamente esa noche, a los Irala. Era un gusto cómo estaban de acuerdo. De oírla, uno pensaba que Diana no tenía nada que ver con

Adriana María y don Martín. La cordialidad se prolongó hasta que la vieja no pudo con el genio y empezó a mortificar a Diana con sugerencias para el menú. En realidad, la provocaba. Diana estuvo de lo más diplomática. Miró el reloj, pidió que la disculpáramos porque era tarde, se encerró en el baño y abrió la ducha. Por mi parte me fui a los relojes: con la mente en libertad no me aguantaba. Ya en el taller, ante la pila de relojes en compostura, en mi fuero interno reconocí que últimamente mi sentido de la responsabilidad se volvió menos riguroso. Alguna vez me dijo Ceferina que el amor y el sentido de la responsabilidad para el trabajo no congenian; yo no la escuché, porque lo decía contra Diana.

Trabajé lo mejor que pude, con la esperanza de ser el relojero de siempre, de haber recuperado la vocación. De golpe me encontré pensando en el largo día por delante. Ahora mismo, después de lo que ha pasado, me cuesta decirlo: tuve miedo de todas esas horas para estar con Diana, al extremo de pedir que llegara pronto la noche, para estar con Adriana María. «Ésa por lo menos» —me dije— «es la hermana.» Como quien sueña, me figuré abrazándola con ternura; digo como quien sueña, porque la imaginación trabajó sola y me la mostró a Adriana María apretándome de manera francamente desvergonzada, mientras yo sentía tristeza porque no sabían interpretarme. De ahí pasé a extrañar a mi señora. La extrañé de un modo rarísimo, empujado por la curiosidad, por un escrúpulo de observarla mejor, por la enorme esperanza de haberme equivocado, de llorar entre sus brazos, de pedirle perdón, de olvidar todo.

Ni yo mismo me entiendo. Al rato llegó Diana y tuve ganas de escapar. Tal vez pueda explicarme: sin ella, suponía que me bastaba mirarla para salir de mi aflicción y que mis cavilaciones eran la pura malacrianza de un hombre mimado por la suerte; pero al tenerla a mi lado me parecía ver, más allá de su expresión y de su piel, a una forastera.

Me pidió que la acompañara hasta el almacén y a la feria, que esa mañana estaba en Ballivián, para hacer las compras, de acuerdo a una lista preparada por Ceferina. Dije que iba a pasarme el peine; entré en la pieza y me eché al bolsillo el frasquito de las gotas.

Salimos. Le juro que yo miraba las cosas como quien las recuerda. O tal vez como un hombre que se despide.

En el almacén no estaba el patrón. Nos atendió la hija, la causa de nuestro famoso distanciamiento. ¿Qué me dice cómo se ha puesto? Está grande, lindísima, pero al público lo atiende como si le hiciera un favor. Fuimos a la feria y por último pasamos por la farmacia. Con el pretexto de preguntarle a don Francisco si el Système Roskopf marchaba como la gente, lo llevé aparte, le mostré el frasquito y le pregunté si esas gotas eran muy fuertes.

Me contestó:

—Un bebe las ingiere sin problemas.

Tomé del brazo a Diana y volvimos a casa; cuando llevó las compras a la cocina, la otra Diana salió a pasear conmigo. Si alguien me vio, habrá pensado que yo estaba loco, porque le garanto que hablaba solo y, si me acordaba, con la perra, para disimular. No sólo para disimular, sino también porque la siento muy apegada. En el fondo, ha de ser la única persona en que me fío plenamente.

Ceferina se asomó al jardín y me llamó a gritos.

Comí sin hambre. Después del almuerzo prolongué a más no poder la conversación, aunque Ceferina y Diana, como siempre cuando están juntas, me tenían en ascuas. Por último Ceferina se puso a baldear y comprendí que llegaba la hora de la siesta.

Mi estado de ánimo cambia continuamente de un tiempo a esta parte. Me dije que no tenía derecho de estar descontento, porque al hombre que le gusta una mujer enteramente, se le puede llamar afortunado. Se lo dije a ella, un poco en broma y un poco por hablar.

—Habrá otras mujeres que no son feas —le aclaré—, como Adriana María, que es igualita, pero no tienen tu alma.

Echó a llorar. Me pareció más linda que nunca y se mostró notablemente cariñosa, al extremo que yo acabé por olvidar mis aprensiones. Después quise dormir, pero Diana retomó el diálogo. No me pregunte qué me dijo, porque no la escuché. A ojos vistas me entristecí. Por fuera de lugar que le parezca, yo sentía la contrición del que ha engañado a su mujer. No pude aguantar, salté de la cama, estuve un rato lavándome y con gran apuro me vestí.

—¿A dónde vas? —preguntó.

—No sé —le dije.

Lo sabía; quiero decir, lo sabíamos.

XLIX

En la esquina de Acha lo encontré a Picardo, con su traje nuevo. En los momentos peores, la vida parece una representación, con unos pocos monigotes que siempre repiten el mismo número. El de Picardo consiste en salir al paso y detenerlo a uno cuando está más apurado. Esta vez me reservaba una sorpresa.

—El doctor —dijo severamente— está disgustado con vos.

—¿Qué doctor?

—¿Qué doctor va a ser? El doctor Rivaroli.

—¿Se puede saber por qué el doctor Rivaroli está disgustado conmigo?

—No te hagás el inocente. Sacaste a la señora del loquero sin pedirle ayuda. Está dolido.

—Y vos ¿por qué estás de traje nuevo? Explicate.

Agitó los brazos en alto, como para defenderse de un castigo, retrocedió unos metros y se fue corriendo.

Yo también caminé rápidamente, porque me parecía que era indispensable llegar cuanto antes. En el Frenopático me atendió Campolongo. Ante mi insistencia, me hizo pasar al despacho y fue a llamar a Reger Samaniego. Yo pensaba que si Reger venía pronto, sabría cómo hablarle para que no me negara una explicación completa y sincera. Desde luego hubo que esperarlo. Cuando llegó el doctor, ya me sentía nervioso y no recordaba el discursito que había preparado.

Para que usted me entienda, procuraré contar ordenadamente esa entrevista que fue bastante agitada y confusa.

—¿Qué lo trae por aquí?

—El deseo, la necesidad —traté de serenarme— de preguntarle algo de la mayor importancia para mí.

En su tono machacón respondió:

—Pregunte. Siempre estoy a la entera disposición de mis enfermos.

—Vengo a preguntarle, doctor, por mi Diana. Hablo con ella, la veo trabajar, no tengo quejas, pero francamente no la hallo.

Me dijo:

—No estoy seguro de entenderlo.

—Será muy buena la que me ha devuelto —aclaré— pero, no sé cómo decirle, para mí es otra. ¿Qué le ha hecho, doctor?

El doctor Samaniego escondió su cara de lobo en sus manos, que son enormes y pálidas. Cuando levantó la cara, no sólo parecía cansado, sino aburridísimo de tenerme ahí.

—Haga memoria —dijo—. Yo lo puse en guardia contra dos peligros, ¿recuerda? En realidad esos dos peligros están relacionados.

Le confesé que no entendía.

—Yo le previne que iba a extrañar a la mujer neurótica que durante años vivió a su lado. Le di mi clásico ejemplo del caballo del lechero.

—Eso lo recuerdo perfectamente —contesté; traté de mantener la calma y de argumentar—: Pero Diana y el caballo del lechero no es lo mismo.

Creo que marqué un punto a mi favor.

Después me enredé en las explicaciones y Samaniego me atajó:

—Le previne también que muy difícilmente usted tendría la salud necesaria para enfrentar, a diario, a una persona normal. Ahí le recordé el ejemplo de la fruta podrida.

—Mire, doctor, usted me habla por cuentitos y figuras, pero yo le digo lo que siento. Cuando Diana me mira en los ojos, yo pienso algo rarísimo.

—No me pida que enferme a la señora porque el marido está enfermo.

Como soy terco, insistí:

—No, doctor, no le pido eso. Escúcheme: hay algo raro en Diana. Es otra.

El doctor volvió a ocultar la cara entre las manos. De pronto se incorporó, levantó los brazos y me gritó:

—Para que salga de dudas, le voy a sugerir un expediente muy simple. Tómele todas las impresiones digitales que quiera. Después me dirá si es o no es la misma.

—Usted no me entiende. ¿Cómo se imagina que voy a ponerle los dedos a la miseria a la pobrecita?

—Entonces ¿está convencido?

—Le digo la verdad: estoy casi convencido de que es inútil hablar con usted. No tengo más remedio que hablar con ella. Voy a encontrar el modo de arrancarle la verdad.

Reger quedó sumido en un silencio tan largo que me pregunté si no era la clara indicación de que daba por terminada la entrevista. Caminando como sonámbulo, rodeó el escritorio y llegó a la pileta. Creo que pensé que de golpe me daría el gusto de despertarlo de ese estado de ensoñación con alguna palabra irónica sobre el tratamiento que ellos aplicaban. Me parece que en ese momento me clavó la aguja y quedé dormido.

L

Desperté en un cuarto blanco, en una cama de hierro blanca, junto a una mesita blanca, sobre la que había un velador encendido. Al principio me asombré de verme con un pijama azul, porque todos los que tengo son rayados. Con la mayor tranquilidad, como si explicara un hecho conocido, dije entonces las palabras reveladoras de mi infortunio: «No estoy en casa». Enfrente había una puerta y a mi derecha una ventana. Me levanté y quise abrir primero una, después la otra; no pude.

Se oían explosiones en la calle y pensé en el susto que tendría la pobre Diana, la perra. Cuando empezaron las campanadas, los silbatos, las sirenas, vi que el reloj marcaba las doce en punto. Muy atribulado recordé que era Navidad. «Menos mal que no me sacaron el reloj. Bueno fuera, no estoy preso», reflexioné. Abrí el cajón de la mesa de luz; ahí encontré la billetera con todo mi dinero adentro, el lápiz y el peine. Me faltaba, cuándo no, la cédula. Pensé: «Tengo que reclamarla».

Había dormido todo el día. Me pregunté qué pasaría en casa. Empecé a preocuparme de que Diana y Ceferina estuvieran preocupadas por mí. Apreté un timbre. Quería averiguar si las habían llamado por teléfono para avisarles y de antemano me indigné, porque supuse que no las habían llamado. «Pobres mujeres, a esta hora estarán medio locas por culpa de este médico.»

Iba a apretar de nuevo el timbre, cuando apareció un enfermero y después la enfermera que me ofreció el cafecito el día que vine a buscar a Diana.

—Me voy inmediatamente —anuncié— pero

antes van a tener la gentileza de prestarme el teléfono. Voy a hablar a casa y a mi abogado, el doctor Rivaroli, para ponerlo al tanto de este atropello.

Vi que por detrás del enfermero, la enfermera me miraba con aire de súplica y movía negativamente la cabeza.

—Como primera providencia —explicó el enfermero— usted va a tomar este comprimido.

Por la manera en que me sujetó comprendí que por ahora más valía deponer las pretensiones. Como el hombre manipulaba un tubo, aparenté mejor ánimo y le dije:

—No lo necesito. Me siento perfectamente bien.

Pensé: «Con otro somnífero como el de hoy, mañana no valgo nada».

—Entonces comerá algo —dijo el hombre en tono amistoso— ¿de qué tiene ganas?

Yo no tenía ganas de nada, salvo de salir y volver a casa.

—¿Qué le parece una sopita de cabello de ángel y un churrasco? —preguntó la enfermera.

Se fueron a buscar la comida. Yo traté de aprovechar los minutos para hacer mi composición de lugar y planear una estrategia. No es fácil pensar, cuando uno se encuentra en una situación alarmante, en la que nunca se vio. A lo mejor la inyección que me aplicó Samaniego todavía me embotaba el cerebro. Por un lado yo me sentía sinceramente indignado; por otro, alcancé a comprender que en manos de enfermeros acostumbrados a lidiar con locos, de nada me valdría rebelarme. Creo que ya entonces entreví mi plan de escribirle, sólo que al principio el destinatario iba a ser Aldini. Tuve la corazonada de que la enfermera me ayudaría y que lo mejor era buscar su aprobación.

Me trajeron la bandeja, con la sopa que tenía más ojos de grasa que fideos, un churrasco y papas hervidas. Para ganar tiempo comí unos pedazos de pan.

—Mucha hambre no tengo —confesé.

—No hay que debilitarse —contestó el enfermero.

Desde atrás, la enfermera me miraba ansiosa y dijo:

—Esfuércese por comer un poquitito.

La obedecí.

—Va a tomar sus vitaminas —declaró el hombre.

Ya sentía que me subía la indignación y que no podría contener un desplante. La mujer movía afirmativamente la cabeza. Me di por vencido. Las pastillas eran grandes y de feo olor. Como se me atascaron en la garganta, tuve que echarme otro vaso de agua, que en parte se derramó.

—Todavía está nervioso —observó el enfermero.

—No —contesté con firmeza—. Es la falta de práctica en tomar remedios. —El orgullo me dominó y expliqué—: No van a creer, pero les garanto que hasta hoy no había entrado en este cuerpo lo que se llama una inyección.

El enfermero me miró fríamente y en un tono que me desagradó dijo:

—Ya cambiaremos todo eso. Venga, lo acompañamos al baño.

Tuve que ir, estar y volver en su compañía. Para esas cosas, usted no lo creerá, soy muy delicado y prefiero la soledad. Pensé: «Aunque sea por esto, les daré confianza, para que no estén mirándome noche y día».

—Le dejamos un poco de agua, por si tiene sed —anunció la mujer.

—Gracias —dije—. Quiero pedirles un favor. Cualquiera de ustedes, cuando se acuerde, fíjese en mi saco, a ver si está la cédula. No me gusta perder los documentos.

—Ahora no debe pensar en eso —ordenó severamente el hombre.

—Duerma. Duerma bien —me aconsejó con dulzura la mujer—. Si no puede, llame. Le damos una pastillita.

Esta gente no tiene arreglo, vive en otro mundo, haga de cuenta que son marcianos. No nos entienden porque sus costumbres no son las nuestras. Como usted imaginará, me costaba resignarme a la idea de que estaba en ese otro mundo. Sentí que volver al mío era lo esencial, pero no me engañé con la ilusión de que salir del Frenopático fuera un asunto fácil. Desde luego si hubiera entonces medido correctamente mis dificultades, habría dado rienda suelta a los nervios, con algunas consecuencias que prefiero no imaginar.

¿Cuándo volveré? No tengo la menor idea. Si usted quiere ayudarme, quizá dentro de pocos días estaré en casa.

LI

Yo estaba completamente despierto cuando entró la enfermera, a la otra mañana, con el café con leche, pero simulé que dormía. Creo que obré así con el vago propósito de espiarla, sin recordar que los ojos cerrados no ven. Sucedió entonces un hecho inexplicable. Si piensa que le miento, no ha leído con atención lo que llevo escrito; mi relato prueba, me parece, que digo la verdad sin preocuparme de quedar bien. En la circunstancia, además, quedé menos bien que asombrado y molesto.

Ya es hora que le diga que la enfermera dejó la bandeja en la mesita, se inclinó sobre mí, para observarme de cerca y me dio un beso.

Con mayor razón perseveré en mi simulacro, que se extendió a los movimientos propios de quien despierta de un sueño profundo. Me preguntó:

—¿Cómo está? ¿Durmió bien?

La mujer escuchaba con sincero interés mis contestaciones. Me dije que tanto escrúpulo profesional no condecía con el besito anterior. En el fuero interno peco de malicioso.

Esa enfermera no me dejará mentirle. Despaché el desayuno con un hambre que daba gusto. Creo que me dijo:

—No sabe lo contenta que me pongo al verlo comer.

De pronto reflexioné: «Con su apariencia afable, da a entender que estuve, o que estoy, enfermo y justifica al doctor».

Como si leyera mis pensamientos, la enfermera dijo:

—Estoy de parte suya. Quiero ayudarlo. Confíe en mí.

No podía creer lo que oía.

—Si no le interpreto mal —observé— ¿mi situación aquí sería delicada?

—Todos tratan de escapar —contestó— pero ninguno lo consigue. Usted debe escaparse, debe escaparse.

En ese momento me convencí de la urgencia de escribirle. Me serené un poco y le dije:

—Le voy a pedir un favor. Papel de carta.

—Más tarde me corro al quiosco y se lo traigo.

—Va a guardarme el secreto ¿no es verdad?

—Ya se lo dije: confíe en mí.

Machaqué:

—Con tal de que me guarde el secreto.

—Malo. Desconfiado —dijo con un mohín.

Me miró de muy cerca.

—Es una carta para un amigo —expliqué—. ¿Se la podrá llevar? No vive lejos.

—Aunque viva en el fin del mundo.

—No sabe el favor que me hace. Es muy urgente.

Contestó:

—Más urgente sería que usted se escapara, pero no veo el modo.

Entró el enfermero y me dijo:

—Vamos al baño.

LII

Cuando volví al cuarto me habían hecho la cama. No pude menos que pensar: «Del trato no me quejo. Con tal que sigan en este tren». Como ve, me dieron comodidades y ya me olvidaba de mi señora y de que estaba preso. Le pregunté al hombre si debía meterme en cama. Contestó:

—Haga lo que le pida el cuerpo. Eso sí, no se canse.

No le pregunté cómo podría cansarme.

Se fue. Me arrimé a la ventana y una vez más comprobé que no había forma de abrirla: «Para que los locos» —me expliqué a mí mismo— «no se tiren abajo». Vi que daba a un patio interior, triangular, con un cantero en el centro, con yuyos, que formaba un triángulo más chico, bastante angosto, oscuro y triste. Yo estaba en el quinto piso. Arriba había otra hilera de ventanas.

Apareció la enfermera con el papel de carta.

—No sé cómo agradecerle —dije.

—Si quiere yo le digo.

—¿Cuánto le debo? —pregunté.

Golpearon a la puerta (lo que me asombró, porque todos, hasta ese momento, entraban sin golpear). Era el doctor Campolongo. Le aseguré que dormí de un tirón, que estaba perfectamente, que había tomado un suculento desayuno, pero hablé lo menos posible. Me conozco. Por cualquier pavada levanto presión y ya salgo con esos desplantes que después me traen sinsabores. Me pidió que le contara qué enfermedades había tenido. Le dije:

—El sarampión, de chico, y la viruela boba. Después fui siempre lo que se llama un hombre sano.

Cuando se fue, entró la enfermera y me previno:

—Escriba mientras yo rondo, para que no lo sorprendan. Si le doy la señal —dos golpecitos en la puerta— usted me esconde el papel debajo del colchón.

Aunque hubiera jurado que esa mujer trataba de convencerme de que estaba preso, le di las gracias.

Me contraje a la tarea aplicadamente, pero sospeché en seguida que era el asunto demasiado complicado para explicarlo en cuatro o cinco páginas. A fuerza de voluntad perseveré.

Me llevé un susto, porque la enfermera entró y apareció a mi lado sin hacer ruido. Preguntó:

—¿Ya está la carta?

—Sí —contesté—, pero me salió tan embarullada que estoy escribiendo otra. En media hora la tengo.

—Mejor que la deje para después. Traigo el almuerzo.

Almorcé con apetito: hecho bastante inexplicable, en mi situación, porque a mí no me gusta que me estén mirando cuando como, y la enfermera, reclinada contra la puerta, no me sacaba los ojos de encima. Después no retiraba la bandeja y seguía mirando. Para terminar con ese cuadro, dije lo primero que me vino a la mente:

—¿Me jura que los médicos no van a leer mi carta?

—Le juro.

—Es para que ese amigo me saque de aquí —dije antes de pensar que tal vez cometí una imprudencia.

Vi que tenía el mentón en punta, con un lunar del lado izquierdo y me pareció que los ojos le brillaban mucho.

—Yo no complicaría gente de afuera —dijo—, pero voy a hacer lo que mande. Estoy para servirlo, en todo ¿me entiende? Me llamo Paula.

Entre una frase y otra hacía un alto, quizá para que yo comprendiera mejor. Usted se va a reír. Le contesté:

—Una tía mía se llama Paula.

—¿A vos te llaman Lucho? Si no hay nadie, llamame Negra.

Tras alguna vacilación articulé la palabra:

—Bueno.

Recogió las cosas y dijo, como pensando en voz alta:

—Si no tiene confianza en mí, está perdido.

LIII

En media hora de trabajo despaché la carta, a mi entera satisfacción. Porque Paula no venía, para matar el tiempo, cometí la imprudencia de releerla. Era más clara, pero no más convincente que la primera. «Si me piden socorro con una carta así ¿qué hago?», me pregunté. «La tiro a la basura y pienso en otra cosa.»

Perdido en mis cavilaciones me atraqué a la ventana. Al rato descubrí un hecho que reputé de lo más extraño. Si usted miraba con detención, veía gente en ventanas del primero, del segundo, del tercero, del cuarto y hasta del sexto piso; a nadie en las del quinto.

Cuando el enfermero me preguntó si quería ir al baño le dije que sí. Como en ocasiones anteriores, en el trayecto no vi un alma. Porque ese día mi inteligencia funcionaba con prodigiosa velocidad, vinculé una observación con otra y poniendo la voz del que habla por hablar pregunté:

—¿No hay nadie en el quinto piso?

Porque lo tomé de sorpresa, balbuceó:

—No…, no. —Agregó en seguida—: Usted.

Me dejó en la habitación y se alejó como si estuviera apurado. Al rato vino Paula.

—¿Ya está la carta? —preguntó.

—Sí —le dije—. Le voy a pedir que se la lleve a este amigo.

Moviendo los labios como si mascara un caramelo pegajoso, Paula leyó el nombre y la dirección.

—¿Viene a quedar? —preguntó.

—Entrando por Acha, la segunda casa, a la izquierda.

—Si voy esta noche ¿lo encuentro?

—Siempre está —le dije, y le pedí otro favor—: Acepte el dinero, porque mañana quiero más papel, mucho más. No estoy contento con la carta y mañana empiezo de nuevo.

—No es cuestión de bombardear al prójimo. Si piensan que estás loco, no te hacen caso.

Porque me hablaba de corazón, le expliqué:

—Es una historia tan rara que si la escribo en cuatro o cinco páginas resulta increíble. Francamente increíble. Es tan rara que se la voy a contar a otro para entenderla yo.

—Te van a interpretar mal —me dijo con tristeza—. Por aquí pasan muchos locos y no es la primera vez que alguien me asegura que su historia es muy rara.

Protesté:

—Si vos me creés loco…

De miedo, nomás, debí de tutearla. A ella le gustó.

—Almita —me dijo—, me tenés para todo. Para todo ¿entendés? Mañana te traigo las hojas.

—Muchas ¿eh?

—Sí, muchas; pero en lugar de escribir, que no es bueno para la salud, yo que vos me rompía la cabeza buscando la manera de escapar.

LIV

Con el trabajo de escribir, con las visitas de la enfermera, del enfermero, del doctor Campolongo, con las comidas a cada rato, se me pasó la tarde. A la noche, en cama, empecé a meditar.

Tomé la firme resolución de pedirle a Paula que me explicara por qué era indispensable que huyera si no estaba loco. ¿Qué ganaban los médicos, vamos a ver, con tenerme encerrado? Ante todo, yo no soy un hombre pudiente; después, a lo que entiendo, no vivimos en la época de los médicos de levitón y galera, que roban infelices en la película de Aldini, para hacer experimentos. Hoy por hoy ¿quién va a creer esa fábula? Si yo le hablaba con tranquilidad a Samaniego, o al mismo Campolongo, coordinando como corresponde, me abrirían de par en par la puerta para que volviera a casa.

Era extraño, sin embargo, que la enfermera, que al fin y al cabo trabajaba en el Instituto y que debía de estar interiorizada de lo que allí ocurría, insistiera tanto en la necesidad de favorecer mi fuga. Bastaría pensar un poquito más en la misma dirección, para desconfiar de la enfermera y preguntarme si no era un instrumento de los médicos. ¿Me empujaba a la fuga, para que me sorprendieran *in fraganti*? Con algún trabajo recapacité que yo no estaba detenido ni preso, que no pendía sobre mí una condena y que un intento de fuga no era un crimen. Es claro que tal vez me castigaran, me aplicaran inyecciones y hasta el shock eléctrico. Yo estaba en calidad de enfermo, sin estar enfermo, y los médicos me soltarían cuando advirtieran su error. ¿O el negocio consistía en meter adentro gente sana? Menos peligroso era internar a los enfermos, que nunca faltan, desgraciadamente.

Pensé que sin demora debía pedirle a Paula que se ingeniara para recuperar mi cédula. Soy del todo contrario a dejar en manos ajenas un documento personal. Si lo pierden, de nada valen los reclamos, porque no lo salvan a uno del temido viacrucis en la calle Moreno.

Por la cuestión de la cédula me puse tan nervioso que no podía conciliar el sueño. Me dije que al otro día iba a estar cansado, que lo notarían los médicos, me darían calmantes, me dormirían y yo no podría seguir con el trabajo. En el fondo, tenía la convicción de que me habían encerrado para no dejarme salir así nomás.

Caí de golpe en la cuenta de que harían por lo menos veinticuatro horas que no me acordaba en serio de Diana. Pobrecita, buen defensor le ha tocado, que si lo meten preso en el manicomio ya no piensa más que en él.

LV

Empezaba a dormir cuando me despertaron unos ladridos. Miré por la ventana, porque había clareado, y vi en el patio un perrazo con rayas como de tigre. Creo que es un mastín.

A mí estos médicos no me engañan. Para darme confianza, el primer día no me molestaron, pero a la mañana siguiente empezaron el gran ataque. Antes del café con leche ya me habían sacado sangre hasta de atrás de la oreja y con el desayuno, que no fue escaso en materia de pan y mermelada, me hicieron tragar infinidad de pastillas. Campolongo explicó:

—Son vitaminas.

—No sabía que hubiera tantas —contesté.

—Usted me las toma todas las mañanas y ya verá cómo lo ponemos.

—¿Como a Diana, mi señora?

—Exactamente. De modo que no se encuentre en inferioridad de condiciones. Dígame, señor

Bordenave, ¿usted no siente, de vez en cuando, cómo le diré, una dificultad para el raciocinio?

Quedé alelado. Este doctor Campolongo, después de verme cuatro o cinco veces, descubría un síntoma que yo creía oculto en los repliegues más profundos del cerebro. Me hallaba ante un ojo clínico.

—A veces me gustaría explicarme con mayor facilidad —le dije—. Por ejemplo, los otros días quería alegar con el doctor Samaniego…

Me interrumpió sin contemplaciones:

—Para la pereza mental —explicó— también tenemos pastillitas.

Le previne:

—Ayer, todo el día, pensaba con una velocidad que yo me quedé con la boca abierta.

—¿Se quiere curar en salud? ¿Miedo al tratamiento?

—Al contrario, doctor —le dije como un hipócrita—. Soy lerdo, lo admito, y no creo que ustedes vayan a cambiar la índole de una persona.

Colegí que lo había ofendido, porque replicó fríamente:

—Haremos con usted lo que hicimos con su esposa.

Me tomó la presión, me auscultó y dijo que yo tenía un corazón de primera. Con legítimo orgullo lo obligué a repetir la frase. Por fin se fue.

Yo estaba contrariado, tal vez por los pinchazos y por las pastillas, pero sobre todo por la conversación. Por táctica, para que no desconfiara, me dejé tratar como enfermo. Esa conformidad me infundió tristeza y rabia, como si adrede me hubiera sometido. Me pareció que estaba más preso que antes.

Paula me trajo una resma de papel.

—¿Qué pasa, almita? —preguntó—. Estás de mala cara. En lugar de escribir tanto, hoy tomás unas gotitas y te dormís como un ángel.

Dije simplemente:

—Qué manía con las gotas.

—Tenés que descansar —porfió—. Siempre escribe que te escribe. No puede ser bueno para la salud.

—Muy interesante —dije.

—No te enojés. Le entregué tu carta a ese amigo tuyo en propias manos.

—Veremos qué hace —comenté—. Probablemente nada, porque le mandé una carta que ni yo la entiendo. Ahora me pongo a escribir de nuevo.

—Es peligroso —dijo.

—Entonces ¿qué me propone? ¿Que tome sus pastillas, me duerma y deje que hagan conmigo lo que quieran?

—No seas malo —dijo.

—No soy malo —expliqué—. Usted misma dijo que tengo que escapar. Vamos a ver si encontramos la manera… Mientras tanto le escribo un informe al señor Ramos. A lo mejor lo convenzo y me ayuda.

Paula pensó por mí:

—Para escribir, sacás una sola hoja. Las otras las guardás permanentemente bajo el colchón. A la noche, yo me llevo las hojas escritas, de modo que si te descubren, salvamos por lo menos las que yo guardo. A mí no me nombrés, para que no quieran separarnos.

Es notable: cuando dijo eso último, creí en la sinceridad de su afecto. De todos modos le pedí:

—Júreme que después me va a devolver las hojas.

—Lo juro.

—¿En cualquier caso?

—En cualquier caso. Lo juro. Si no puedo entregarlas a ese amigo tuyo, te las devuelvo a vos.

—¿Por qué lo jurás?

—Por vos mismo. Por lo que más quiero.

LVI

Antes de ponerme a escribir repasé mentalmente la última conversación con el médico. Una frase me inquietaba: «Haremos con usted lo que hicimos con su esposa». Me dije que sin esperar que empezara el tratamiento propiamente dicho —por ahora me sacaban sangre para análisis y me reforzaban con minerales y vitaminas— yo debía huir del Frenopático. Sobre todo, para evitar que me llenaran de remedios. Ese punto me preocupaba más que la misma posibilidad de que me cambiaran como a Diana. «¿Será tan grande el cambio?», me pregunté. «Aparentemente ella no lo nota. ¿No me habrá calentado la cabeza la vieja, que es lo más caviloso que se puede pedir? Reconozcamos que el cambio, si lo hubo, fue totalmente para bien, salvo en el renglón cocina, que al fin y al cabo no es el único en un gran amor. Estoy por agregar que yo he sido el principal beneficiado, porque desde que volvió a casa, ni una noche mi señora me obligó a esperarla, con ansiedad, hasta quién sabe qué horas, pesadilla por la que he pasado antes de que la internaran.» Un poquito más y me preguntaba si no me habrían vuelto loco Adriana María y la vieja. Sabía que no, pero quería pensar que Diana era la de siempre y que al volver a sus brazos yo iba a encontrar la felicidad.

De pronto dije sin pensar, como si hablara otro: «No es cuestión de ser tan cerrado. A lo mejor si ahora me arreglan, cuando vuelva a casa no veré cambios en Diana».

Dicen que soy terco, pero de puro razonable empezaba a ceder.

LVII

Yo no entiendo nada. A ratos me parece que nunca voy a salir de aquí; a ratos, que voy a salir de un momento a otro. Si creo que no voy a salir, escribo febrilmente, para que usted me saque. Si creo que estoy por irme, sigo escribiendo, por costumbre. Cuántos recuerdos revivo al correr de la pluma; algunos angustiosos, no lo niego, pero muchos gratos. Opino que el balance final es favorable, de modo que veo confirmada mi invariable convicción de que tengo suerte.

Tampoco le negaré que a la otra mañana desperté con la esperanza de que usted viniera a sacarme. Sabía que mi carta era demasiado confusa para convencerlo; pero al que está encerrado le sobra tiempo para pensar en todo, aun en las esperanzas más desatinadas. Cuando entró la enfermera con el desayuno tuve por un instante la certeza de que iba a decirme: «Están a buscarlo». Como no dijo nada, acabé por preguntarle si no había novedades. No entendió y le aclaré la pregunta.

Por su parte me dijo:

—Yo que vos no me haría demasiadas ilusiones. No sabés cuánta gente que estuvo aquí pasó por eso. Todos nos piden a los enfermeros que llevemos una carta a un conocido que vendrá a sacarlos, porque no están locos. Nadie viene.

Le pregunté:

—¿Encierran aquí a gente que no está loca?

—Qué sabe uno. Hay locuras que se ven a la legua; otras, no. Para estos médicos todo el mundo está loco. El especialista, acordate, hila muy fino y es un empecinado.

La miré en los ojos para plantearle una pregunta que rumiaba desde hacía tiempo:

—Ahora dígame por qué debo escapar.

—Porque no estás loco —respondió.

Para mí, el punto quedaba aclarado perfectamente. Quizá cometí un error al añadir:

—Entonces no entiendo la actitud de los médicos.

Paula juntó las manos y me suplicó:

—No me preguntés más —hizo una pausa, luego se animó, habló rápidamente, casi con alegría—: Escapate. Encontrá el modo: sos más inteligente que yo. Una vez afuera te contaré todo. Cuando estemos juntitos.

Le repliqué en el acto:

—Yo no puedo estar juntito con vos.

—¿Se puede saber por qué?

—Soy un hombre casado.

—Eso, hoy en día, no importa.

Consideré que ella iba a agradecer que le hablara con absoluta honestidad, así que le dije:

—Quiero a mi señora.

Lo que sucedió entonces fue el acabóse. Tal vez hago mal en contarlo, porque Paula es una señorita y porque siempre me ayudó. Lo cierto es que el episodio me afectó de un modo tan profundo que se mezcló a pesadillas por las que iba a pasar. Todavía la veo, como en un delirio de la fiebre, cuando se desprendió el delantal, se tiró al suelo, se revolcó en vaivén, con los brazos abiertos, muy congestionada, gimiendo por lo bajo, murmurando las más notables obscenidades y repitiendo como si me llamara:

—No hay nadie en el piso.

—Ya me lo explicó el enfermero —contesté por fin.

Se incorporó con extraordinaria prontitud, se abrochó el delantal y se pasó una mano por las crenchas.

—¿Me prestás el peine? —dijo.

De toda la congestión y desorden anteriores no quedaba más rastro que alguna lágrima, que secó nerviosamente con el revés de la mano.

Paula se fue. De pronto me dije: «Si no había nadie en el piso debí escapar». Al rato llegó el enfermero, se excusó porque se le hizo tarde, porque lo ocuparon en cirugía. Me llevó al baño y a la sala de rayos, donde me sacaron radiografías de la cabeza, del pecho y de la espalda. Ni siquiera para el almuerzo volvió la enfermera. Me pregunté si no había estado demasiado brusco; es claro que tampoco iba a dejar que la pobre mujer pensara disparates.

LVIII

Mi situación era delicada. No podía inducir en error a la enfermera y debía recuperar su buena voluntad (lo que desde luego no me parecía fácil). Mientras meditaba sobre todo esto miraba el patio, abajo, con el perro, las ventanas vacías del quinto piso, y en las de otros pisos, a varios personajes que ya eran para mí habituales. Es curioso cómo cualquier lugar, después de un tiempo, se convierte en nuestra casa. Me pregunté si pasaría eso en las cárceles, olvidando quizá que yo lo comprobaba en el manicomio, que es peor. En realidad, las caras que solía ver en las ventanas, aunque de locos, no eran repulsivas. Había un señor de sonrisa irónica y de buenos colores, en una ventana del tercer piso, que me saludaba y se encogía de hombros, como si dijera «¿Qué importa?». Había una mujer narigona —la única un poco desagradable— que parecía desconsolada; una muchacha flaca, pálida, de pelo castaño, corto y frisado, justo en la ventana de enfrente, del sexto, que era bastante linda pero debía de estar muy enferma, porque perseguía algo en el aire, sin duda una mosca de su invención, que aplastaba entre las manos con verdadera furia, para después buscarla desorientada, primero en las palmas y por último del otro lado; en el cuarto piso había un anciano de pelo largo, siempre inmóvil, que tal vez meditara, pero que sobre todo parecía emanar una calma extraordinaria.

Usted no va a creer: me acostumbré a mis vecinos y, de vez en cuando, me arrimaba a la ventana, para ver si estaban en su puesto. Generalmente estaban.

Me dije que era larga la tarea, que no debía

perder más tiempo en espiar a los vecinos, y volví al informe. Al redactarlo me olvidaba de la situación presente y ponía las cosas en su lugar: quiero decir que en el centro de mi preocupación estaba Diana. Por eso le tomé el gusto al trabajo y avancé a razón de treinta a cuarenta páginas diarias. Lo malo es que engolfado en mi historia, no pienso en la fuga.

Yo confiaba que todo llegaría a su hora y a decir verdad no sabía cómo pensar en la fuga porque no había reunido los elementos necesarios para planearla.

Al rato apareció la enfermera, de lo más sonriente. «Su desempeño» —pensé— «le sirvió de remedio heroico y si no guarda rencor seremos buenos amigos.» La confirmación vino en seguida. Paula me dijo:

—Dame la mano.

Después me pidió que cerrara los ojos y yo discurrí las cosas más descabelladas, que tal vez me iba a dar un papelito con el nombre Félix Ramos o, vaya uno a saber, su tarjeta de visita y que yo oiría «Está abajo, esperando». Uno se queda corto ante la fantasía de la gente. Se lo digo en orden: primero sentí la suavidad y el calor, y sólo después comprendí que Paula había puesto mi mano debajo de su corpiño. Me miró como esperanzada.

—No me rechacés —dijo seriamente—. No me hagás sufrir.

Le contesté:

—No te rechazo…

Si la he tuteado fue por descuido. No seguí en el acto la frase, que debía enumerar las consabidas razones (estoy casado, quiero a mi señora) porque recordé la conversación anterior y creí conveniente encontrar una manera menos terminante de decir las cosas. No quería herirla, pero sobre todo no quería malquistarla, porque lo que me importaba era salir y recuperar a Diana. Pobre Paula: supo interpretar mi balbuceo de modo que no la hiriera. Dijo:

—Te parece que debemos cuidarnos. Alguien nos descubre, nos aparta y mejor morirse.

Para cambiar de conversación comenté:

—¿Qué me contás del perro que hay en el patio?

—Es para vos —contestó.

—No he de ser el único, en esta casa, con ganas de irse —repliqué, sin dejarla hablar—. Al primer intento, el perro ladra o se abalanza.

Paula guardó silencio, como si pensara «¿Le digo o no le digo?».

Finalmente me dijo:

—¿Has preparado el plan de fuga?

—Cuando voy al baño, le doy un empujón al enfermero y lo encierro.

—Él te encierra. No: se me ocurrió un plan más difícil, pero menos peligroso. Una de estas noches traigo una herramienta para que abras la ventana.

Creo que todavía yo no había entendido.

—Con el ruido ladra el perro.

—No hagas ruido. Por la cornisa vas a la sala de operaciones.

—¿Eso te parece poco peligroso?

—Sí, porque no te agarran.

—Siento vértigo y el perro, abajo, me espera con la boca abierta.

—No importa. Lo esencial es que te escapes.

—¿Por cuál ventana debo entrar?

—Por ésa.

La señaló. Conté, de izquierda a derecha, seis ventanas. Dije:

—Acordate de dejarla abierta.

—La voy a dejar arrimada, sin pasador. Disponemos de una sola noche.

—¿Ésta?

—No, no... Ya te diré. No hay que desperdiciarla. Cuando entres por la ventana, verás a derecha e izquierda dos cuartitos hechos con biombos metálicos. Seguime con atención: en el de la izquierda no te metas. Ahí se visten los médicos, y si por desgracia alguno olvidó algo, irán a buscarlo. En el de la derecha hay aparatos de cirugía que ya no se usan. Ahí vas a encontrar un pantalón, un saco y unos zapatos de mi hermano.

—Si fuera posible —le dije— poné mi cédula en un bolsillo.

—Olvidala. Tu cédula está en el cofre de

Samaniego, fuera del alcance. La reclamás después, cuando estés libre, si te animás.

La noticia de que debía resignarme a dejar la cédula quién sabe dónde, me cayó pésimamente. Le parecerá extraño, pero a esa altura de los hechos, el posible extravío de mi cédula, me preocupaba tanto como encontrarme privado de libertad. Sin embargo, ya llevaba dos o tres días de manicomio y después de una tarde en la comisaría 1ª me creí el más desdichado de los hombres. Es claro que siempre el primer día es el más duro. Tampoco voy a restar importancia al disgusto de tener que renovar un documento en la calle Moreno. Pregunté:

—¿Cuándo será la intentona?

—La noche del 31, a las once y media, emprendés el viaje por la cornisa. A esa hora, con las explosiones, o no ladra el perro, porque está asustado, o se piensa que ladra por los cohetes y los pitos. Vos te llevás tu reloj. Te vestís en seguida. A las doce en punto salís al corredor y por la puerta de la derecha te metés en la escalera de caracol. Si tenés suerte no encontrás a nadie, porque todos están brindando con sidra en el despacho de Samaniego.

—Gracias —le dije.

—Soy gorda y pesada —contestó— pero también soy querendona.

LIX

Yo sé que alguien dijo que no hay nada peor que la esperanza. No me pregunte si fue Ceferina, Aldini o don Martín. Sacados esos tres ¿quién va a ser? Lo cierto es que me dijo la verdad. Desde que Paula me explicó el plan de fuga, yo no me aguantaba a mí mismo. El bastión, lo que me permitía aguantar un poco y seguir esperando, era la redacción de este informe. Fuera de las horas dedicadas al trabajo vivía en la ansiedad. No le hablo de Paula y de sus avances. Un peligro más grave era el de no dormir de noche, de estar nervioso, de que el enfermero o el médico lo notaran, de que me dieran algunas gotas que me dejaran dormido o por lo menos aflojaran mi voluntad. Tenía que llegar en buen estado físico a la noche del 31 e ignoraba totalmente qué tratamiento me habían preparado los médicos. Más de una vez oí de gente a la que sometieron a curas de sueño. Supongamos que decidieran aplicarme ese método. Créame: con apuro contaba los días para que pasaran rápidamente.

En la tarde del 31 aumentó mi agitación, que reprimí como pude cuando me visitaron Campolongo y el enfermero. Delante de la misma Paula traté de parecer tranquilo, para que no fuera a preocuparse y dejara todo para mejor oportunidad.

También aumentaba en el barrio, a la redonda

y, según calculo, hasta más allá del horizonte urbano, el estrépito de cohetes y otras pirotecnias a que se recurre para festejar la terminación y el comienzo de los años. Aumentaron también los ladridos. Recuerdo que formulé una observación que me satisfizo por lo apropiada. «Qué extraño» —me dije— «ese perro ladra en dos registros.» Me asomé. Qué dos registros ni dos registros: dos perros. Como lo oye. La novedad era uno que debía de ser de caza, por lo orejudo. Me dije: «Un abuso. Voy a presentar una queja. Más que Instituto Frenopático esto es una perrera».

Aquí retomo el Informe para Félix Ramos

A las ocho llegó Paula con una toalla. Debajo de la toalla traía una pinza y una tenaza. Yo le di las páginas que había escrito. Las tapó y se las llevó.

Después de un rato de forcejear, desclavé la ventana. A medida que se acercaba la hora, el temor de salir a la cornisa y caminar por ella hasta la ventana de enfrente alcanzaba proporciones portentosas.

También aumentó la cohetería. En cambio, los ladridos del patio disminuyeron hasta convertirse en aullidos quejosos. Me asomé, con desagrado, porque ahora bastaba que me acercara a la ventana para sentir vértigo. El que se quejaba era el mastín, porque su nuevo compañero, el orejudo, brillaba por la ausencia. Por más que miré no descubrí más que un perro. Es verdad que en el patio había poca luz.

Parecía que todas las explosiones reventaran juntas. Pensé en el susto que pasaría, en esos momentos, nuestra pobre perra, pero me dije que tenía más suerte que yo, porque estaba en casa, con mi señora.

A las doce menos cuarto cerré los ojos y me paré en el marco de la ventana. Le juro que no menos de cuatro veces el vértigo y el miedo me devolvieron a mi cuartito. Daba unos pasos manoteando las molduras de la pared, que son de poco relieve. Usted las araña inútilmente, en el afán de asirlas, y todo el tiempo se le escapan. Eso sí, para no irse de espaldas, hay que poner la mayor fuerza de voluntad. Cuando volvía al cuarto, las manos me sudaban y tenía granitos de revoque debajo de las uñas. Probé las dos maneras de avanzar por la cornisa: de espaldas al vacío, que para el vértigo parece lo mejor, porque usted no ve nada, pero que por motivos que no me detuve a comprender, impide el equilibrio, o siquiera lo vuelve más inestable; y de frente al vacío, que de verdad asusta, porque abre ante los ojos el cuadro completo, con las baldosas y el cantero abajo, pero que en definitiva resulta el modo más aceptable, porque le permite a usted afirmarse, mantenerse apretado contra la pared, siempre que no se ponga rígido, porque entonces, cuando tropieza contra una saliente, trastabilla.

En la quinta y última salida, cuando promediaba el trayecto, me entró un temblor difícil de reprimir, que resultaba peligroso. ¿Sabe cómo lo dominé? Por un esfuerzo de la imaginación: bastó que me figurara la fuga como una calle, con el manicomio en una punta y la señora en la otra. Retomé el camino, que era agotador, porque ahí no se mueve uno sin exponerse a la caída, y de vez en cuando me detenía a descansar. En un alto de ésos, advertí que el señor de pelo largo y de aspecto pensativo no dejaba por un instante de observarme. «Con tal» —pensé— «que no se me asuste, grite y dé la alarma.» Por fortuna se mantuvo dentro de su imperturbable serenidad y, en alguna medida, me la comunicó. El momento más ingrato llegó cuando debí rodear un caño de desagüe. Para descansar y serenarme un poco, me detuve. No le pondero bastante lo que sudé, hasta que me entró de nuevo el tembleque, y debí pensar en las dos puntas de mi camino, el manicomio y la señora. Al rato pude ver que, amén del señor de pelo largo, yo contaba con otro espectador: el perro mastín. Desde abajo me observaba con la mayor atención. Cuando me pareció que las baldosas del patio y el cantero empezaban a moverse en ondas, como el agua en la playa, levanté los ojos y volví a sudar en cantidad notable; recordé —porque en esos momentos uno piensa las cosas más inesperadas— que un doctor me dijo una vez que en fundiciones de acero rusas los extranjeros sudaban hasta ocho litros por día; pero eso era en tiempo de los zares. El sudor que me caía de la frente, me molestaba y no me dejaba ver. Extraordinario fue el susto que me llevé al pasarme la mano por la cara; un poco más y me caigo. Después, con el mayor cuidado, me puse a palpar el caño. Tenía que pasarlo de izquierda a derecha. Primero intenté empuñar, por encima de la cabeza, el caño con la mano derecha; felizmente comprendí que al deslizarme al otro lado, esa mano quedaría atrás en una posición forzada, tirante y quizá peligrosa para el equilibrio, de por sí bastante inseguro; agarré pues el caño con la mano izquierda, en una forma que si no era del todo cómoda al principio, mejoraba al pasar yo —claro que esto no tenía nada de fácil— al lado derecho. Le juro que tuve la sorpresa más grande de mi vida: al conseguir el cruce del caño, vi, por un instante nomás, en la cara del señor impasible, una sonrisa de aprobación. Aunque le parezca extraño, esa aprobación me reconfortó y desde entonces continué mi travesía con mejor ánimo. Por fin me acercaba a la sexta ventana cuando un pensamiento me hizo temblar de nuevo: me había olvidado de recordarle a Paula que la dejara abierta. «Si está cerrada con pasador» —pensé— «para acabar de una vez me tiro abajo.» Llegué, la empujé y abrí. Me alegré como si hubiera ocurrido un milagro y le juro que perdí el equilibrio, al extremo de que si no me tiro para atrás, no sé qué pasa. Caí de espaldas, con un estruendo considerable, en el piso de la sala, que es durísimo. Quedé mareado.

LX

Usted se va a reír. Me senté en el suelo y quedé no sé cuánto tiempo con la cara entre las manos, no tanto por el dolor del golpe, que fue regular, como por el susto que pasé en la cornisa. Quería estar cerca del piso; aunque me alejara de la ventana, parado sentía vértigo.

Miré el reloj: eran las doce y tres minutos. Calculo que habré perdido cinco minutos en salidas inútiles, de modo que el interminable viaje entre ventana y ventana no duró más de diez. Aunque llevaba poco retraso, no debía demorarme. Examiné la sala con la mayor atención: en la penumbra distinguí los dos cuartitos laterales, que en realidad no eran sino rinconeras formadas por biombos niquelados. Con el firme propósito de no equivocarme, rememoré las instrucciones de Paula y entré en el cuartito de la derecha. Tuve tiempo de alargar la mano hacia la ropa, antes que abrieran la puerta. Quedé inmóvil, con la mano estirada, y oí el rodar de las llantas de goma y los pasos. Encendieron la luz. Noté que yo era más alto que el biombo, así que me agaché un poco, para que no me vieran. Estaba torcido, incómodo, pero lo que francamente me contrariaba era salirme del horario. Cuando se alejaron los pasos, como nada interrumpía el silencio, me estiré en puntas de pie y por encima del biombo vi una camilla, con un cuerpo, que por lo corto me pareció de un chico, tapado enteramente por una sábana. Pensé: «Tan luego a mí que me traigan un cadáver de acompañante. Aunque me agarren, no me quedo». Me disponía a salir, cuando tuve que agacharme porque oí nuevamente las llantas de goma y los pasos. «Otro muerto. Autopsias en cadena», recuerdo que reflexioné. «Estoy en la morgue.»

Oí las voces de los hombres. Uno, que daba órdenes, era Samaniego. El otro, Campolongo, casi no hablaba.

Porque la postura contraída resultaba insostenible, con mucha cautela, como si de nuevo estuviera en la cornisa, me enderecé, medio escudado por un armarito metálico. Suceda lo que suceda no voy a olvidar ese momento. Ante todo vi manchas coloradas en el blanco de las vestiduras de los doctores, que al apartarse revelaron un cuadro de sueño: la pobre muchacha, bastante linda, que en la ventana del piso de arriba perseguía moscas imaginarias, yacía en una camilla, boca abajo, pálida como una muerta, sin ninguna sábana que la cubriera, con un agujero redondo en la nuca —si no me equivoco, a la altura del cerebelo— que manaba sangre. A lo mejor usted piensa que soy un flojo: cerré los ojos, porque temí descomponerme y me apoyé en el armarito. Un poco más lo descuelgo.

Usted hacía de cuenta que esos dos hablaban de cosas, no de personas. Recordé historias, que circulaban en los años del bachillerato, de herejías cometidas por practicantes en los hospitales.

Traté de comprender la situación. La sangre que manaba por la nuca significaba que la muchacha estaba viva. ¿Para qué habían traído la otra camilla? ¿Iban a trasplantar a la muchacha algún órgano del muerto?

No pude creer lo que oía. Con toda naturalidad, Samaniego dijo a Campolongo:

—No le toques la cola.

Me contuve porque a tiempo comprendí que si en plena operación los interpelaba, la única víctima de mi desplante sería esa pobrecita. Atiné a pensar: «Mi señora estuvo en manos de esta gente».

Me hundí en una perturbación tan profunda que el rumor de las ruedas y los pasos que se alejaban me sobresaltó. Tardé un rato en asomarme. «Dejaron la camilla con el chico muerto» me dije. «Van a venir a buscarlo.»

Había que tomar una decisión: intentar la fuga, aunque las cosas no hubieran salido como las previó Paula, o emprender el camino de vuelta por la cornisa. Me bastó recordar la cornisa para decidirme por la fuga. Me puse el pantalón y el saco del hermano de Paula; para no hacer ruido, llevaría los zapatos en la mano, hasta alcanzar la calle. Pasaban los minutos y no volvían los médicos. «Como está muerto, lo dejan en cualquier parte», pensé. Mi confusión era grande. Seguía aferrado a la idea de aprovechar para la fuga el brindis de medianoche, aunque a medianoche los médicos habían estado operando ante mis propios ojos. Agregue, si eso no le basta, que ya era mucho más de la una.

Me jugué el todo por el todo, intenté la salida. Avanzaba un paso y me detenía a escuchar: no fueran los cohetes, ahora menos frecuentes, a ocultarme algún ruido peligroso. Cuando pasé junto a la camilla, la simple curiosidad me llevó a levantar la sábana. En el acto recibí el mordisco. Con el desconcierto que es de imaginar, vi en la camilla un perro de caza, que se debatía para librarse de sus ataduras. Cuando ladró, salí precipitadamente, por temor de que alguien viniera.

LXI

Después de un cautiverio como el que pasé, usted no sabe lo que es andar suelto, de noche, por las calles del barrio. Me paré a mirar el cielo, busqué las estrellas que mi madre y Ceferina me mostraban cuando era chico, las Siete Cabritas, las Tres Marías, la Cruz del Sur y me dije que si no fuera por Paula y por mi buena suerte, la libertad no estaría menos lejos. Me volví, para mirar hacia atrás. No me seguían. En la esquina de Lugones y el pasaje, me volví por última vez y alguien me sujetó. Cuando vi que era Picardo, quise abrazarlo y por poco lo derribo.

—Viejo —le dije.

No retribuyó mi cordialidad. Preguntó:

—¿Te largaron o te largaste? Si te meten de nuevo, no esperes que te saque el doctor. Se disgustó y me dijo que no le importa que te pudras adentro.

Yo debía de estar medio vencido, porque en lugar de contestarle como corresponde, me quejé:

—Lindo saludo de Año Nuevo.

Proseguí mi camino.

—Tampoco te lo van a dar en tu casa.

Paré en seco, porque la frase me alarmó.

—¿Se puede saber por qué?

—Porque no hay nadie. Todo el mundo salió. De parranda. ¿Comprendés o no comprendés?

Comprendí. Encontraría cerrada la puerta de casa y no tenía llave, porque la incautaron en el Frenopático, junto con la cédula. Era muy tarde. No sabía si presentarme en lo de Aldini y a usted no quería molestarlo. No iba a cargosear a los amigos, a esas horas, para preguntarles el paradero de mi mujer. Una inquietud legítima que más vale no ventilar. Me acordé, al rato, de la ventana de la cocina, que no cierra bien.

Por ahí entré sin dificultad. Con la perra nos

abrazamos como dos cristianos. No sé cómo explicarme: faltaba poco para que me sintiera feliz, pero ese poco encerraba la enorme congoja de no saber dónde estaba mi señora. Me pregunté seriamente si no habría vuelto a su vieja costumbre de salir de noche y comenté con amargura: «Entonces no podrás quejarte. La tendrás de nuevo como fue siempre».

Miraba la cama, a la que tanto quise volver y me asusté de las cavilaciones que empezarían no bien me acostara. Llegué a preguntarme si lo mejor no sería emborracharse. Por cierto que no: yo tenía que mantener la mente despejada, por si venían a buscarme los del Frenopático.

En cuanto me acosté y cerré los ojos, vislumbré el pensamiento salvador. Si no fuera por la confusión en que me dejó Picardo —para mí que la palabra *parranda* me cayó mal— se me ocurre en seguida, porque era evidente. Pensé: «Ha de estar en casa de don Martín». Me levanté, corrí hacia el teléfono y temblando de esperanzas marqué el número. No contestaban. Cuando estaba por abandonar el intento, atendió Diana. Le juro que no podía creer que fuera yo.

—¿Dónde estás? —preguntó.

—En casa —contesté.

Como si la emoción la estorbara, tardó en hablar.

—¿Te escapaste?

—Sí.

Hubo un silencio. Después dijo:

—Qué suerte.

Pregunté:

—¿Voy allá?

—Todos duermen —contestó—. Sabés cómo son: hacen un mundo por cualquier cosa. Me visto y voy.

—¿Sola? Ni loca. ¿Dónde está Ceferina?

—En la pieza de Martincito. Antes de las doce estaba dormida. No quise que se quedara sola en casa. ¿Te cuento? Desde que te fuiste nos hemos hecho de lo más compañeras.

—¿Cómo estás?

—Bien. Algo cansada, porque tuve un día interminable.

Me faltó coraje para decirle que iba a buscarla. Si estaba cansada, no la tendría esperando, para después traerla de vuelta.

—No falta mucho para mañana —le dije—. Ya estaremos juntos.

Pensé que era un malcriado y que no había justificación para mi desencanto.

El otro día llegó pronto, con repetidos timbrazos que me despertaron. Sin pensar que Diana y Ceferina tienen llave, me dije: «Son ellas». Era Samaniego.

LXII

De puro atropellado abrí la puerta y me encontré con el doctor en el jardín. Por un tiempo que me pareció largo estuvimos uno frente a otro, Samaniego muy tranquilo, yo decidido a cualquier cosa, a darle un empujón o a pedir socorro. La perra le mostraba los dientes. Para qué le voy a negar, el pasaje no es el Frenopático y yo me siento seguro. Como si hablara con un tercero, el doctor dijo:

—Le recuperé a su Diana.

—No entiendo —le dije.

—Pero, amigo, usted nunca entiende —contestó de buen humor—. En el Instituto lo está esperando la señora, y ya no tendrá quejas. ¿Me sigue?

—¿Con ese cuento me lleva al matadero? Le hago ver que soy menos idiota de lo que supone.

—No me interpreta —dijo—. ¿Por qué no la llama?

—Está en casa de mi suegro.

—Estaba. Ahora está en el Instituto. Llámela.

Entré; desde afuera me dijo un número, pero yo no hice caso y busqué en la guía. Llamé, pedí por Diana. Cuando oí su voz me pareció que la cabeza me daba vueltas.

—Qué suerte que llamaste —dijo—. Vení a buscarme.

Le juro que era ella. Su voz expresaba ansiedad y, al mismo tiempo, alegría. Me defendí:

—¿Por qué no te venís a casa?

Sentí el impulso de agregar: No soy tan cobarde como parezco. Diana contestó:

—El doctor quiere hablar con nosotros. Quiere que pongamos en claro la situación, para acabar con los malentendidos que nos apartan.

—Casualmente el doctor está aquí.

—Hablá con él. A mí me convenció, pero hago lo que ustedes quieran.

Cuando me di vuelta, casi lo atropello a Samaniego. Estaba fumando, de pierna cruzada, lo más cómodo, en el sillón.

—Está en su casa —le solté irónicamente—. Una pregunta: ¿Por qué ese afán de llevarme al Frenopático?

—Para exhibirle una documentación completa, a efectos de que usted resuelva.

—¿Cómo se las arregló para meter en la conspiración a la pobre Diana?

—Señor Bordenave, por favor, dígame con franqueza: ¿Tiene miedo de ir al Instituto? ¿Lo tratamos tan mal?

Un poco por sinceridad y otro poco porque no me gustan las quejas, le contesté:

—No, no me trataron mal.

—Lo sometimos a una cura de reposo y fortalecimiento. Entonces ¿por qué ese miedo?

No sabía si enfurecerme. Convencido del peso de mi argumento, me contuve y dije:

—A nadie le gusta que lo encierren.

—¿Quién dijo que estaba encerrado?

—Quién no importa. El hecho es que estaba.

—No, señor, no estaba encerrado. Por lo demás, ni a mí ni al doctor Campolongo, que yo sepa, usted manifestó el menor deseo de retirarse. Si le hago una pregunta ¿se enoja?

—Depende.

—¿Estuvo viendo en la televisión la serie sobre esos médicos de levita, que roban cadáveres?

—*Borrasca al amanecer*. Un amigo mío, el señor Aldini, la sigue.

—Yo también, y descubrí un hecho interesante: el temor a los médicos va siempre acompañado de incomprensión.

—No entiendo —le dije.

—Los diabólicos galerudos de la película, en realidad eran profesionales honestos, que robaban cadáveres para conocer mejor el cuerpo humano y salvar a los enfermos. ¿Me sigue?

—Lo sigo, pero eso ¿qué tiene que ver? Samaniego explicó:

—Para el común de la gente, en esa época de oscurantismo, el médico, sobre todo el investigador, era un personaje siniestro… Bueno, para los chicos todavía somos torturadores. Pero usted, señor Bordenave, ¿por qué supone que tratamos de hacerle mal? Dígame ¿qué gano con encerrarlo? Por favor, si las cosas no me salen bien, no piense que soy un malvado, sino un chambón, como todo el mundo.

Con esas palabras modestas me desarmó.

LXIII

No bien me tuvo en su despacho cambió de actitud.

—Quiero darle una última oportunidad —dijo.

Ya no era el amigo ansioso de ayudar, sino el doctor que habla al enfermo. Entré a maliciar que había caído en una trampa.

Samaniego se entretuvo con un enfermero, al que daba órdenes. Yo miraba la guarda de cabecitas del escritorio, pero no me aguantaba de impaciencia. Cuando se fue el enfermero, Samaniego cerró la puerta y dio una vuelta a la llave. Sin acobardarme, le dije:

—¿Ve? Eso no me gusta.

Volvió la llave para el otro lado.

—Si no le gusta, no cierro —dijo—. Es una costumbre.

—Yo vine en la inteligencia de encontrar a mi señora.

—La encontrará —aseguró— pero antes aclaremos las cosas, para entendernos usted, la señora y yo.

—Hágame el favor. ¿Qué tiene que ver usted con nosotros? —le repliqué—: Nada.

Samaniego ocultó su cara pálida en sus manos también pálidas y muy grandes. Cuando las apartó por fin, observó:

—Usted siempre se enoja, señor Bordenave.

Temo que esos desplantes impidan la comprensión. En perjuicio de todo el mundo, créame, de todo el mundo.

—No será para tanto. ¿Le digo francamente lo que pienso?

—Desde luego.

—Apostaría cualquier cosa que mi señora no está acá.

—Pero usted mismo habló con ella.

—Si hay una trampa, no me pida que se la explique —le contesté—. Apostaría cualquier cosa que usted usó a Diana como señuelo.

—¿Me sigue, por favor? —dijo secamente.

Para no mostrarme terco, lo seguí, pero a disgusto. Al final del corredor había una puerta. La abrió Samaniego y entramos en una salita redonda, donde —me pareció increíble— estaba Diana. Hablaba por teléfono; no bien me vio, cortó la comunicación y se echó en mis brazos. Yo iba a preguntarle con quién hablaba, cuando me dijo:

—Te quiero. De eso tendrás que estar seguro. Te quiero.

Le dije que yo también la quería. Se apretó contra mí y empezó a llorar. Entonces me convencí de que las cavilaciones de esta última época no habían sido más que locuras —le di toda la razón al doctor, yo era la manzana podrida de nuestro matrimonio— y tomé la resolución de corregirme. Sin desconfianza, de ahora en adelante, aceptaría la felicidad que Diana me ofrecía a manos llenas.

—Parece cuento —le dije—. Tuve que pasar por esto para entender que no hay nadie con tanta suerte como yo.

—Gracias —me dijo.

—Nos vamos a casa. Te prometo que no voy a molestar más. Nos vamos ahora mismo.

Diana repuso:

—Ahora mismo, no.

—¿Por qué? —atiné a preguntar.

—Porque sé muy bien que hay cosas en mí que te gustan y cosas que no te gustan. He llegado a sospechar que a veces me mirás con recelo. Te juro que es horrible. ¡Yo te quiero tanto!

Insistí de buena fe:

—Te prometo que no voy a recaer en mis locuras.

Francamente su contestación me asombró:

—Tal vez no sean locuras. Te pido que hablés con el doctor Samaniego. No sabés lo que me duele sentir que hay algo en mí que rechazás.

Me avine:

—Hablemos con el doctor.

—Los dos solos van a hablar con más libertad. Después de poner las cosas en claro, si todavía me querés, me llamás. Yo estaré esperando.

El doctor me preguntó:

—¿Volvemos a mi despacho?

Tomé las manos de Diana, la miré en los ojos y le dije:

—Siempre te voy a querer.

Movió la cabeza, como si dudara. Me fui con Samaniego.

LXIV

—Recapitulemos —murmuró el doctor y abrió los brazos como si dijera misa—. El alma de la señora estaba muy enferma.

—Tengo entendido que la ciencia niega el alma.

—La ciencia progresa un paso adelante y un paso atrás. Existe el alma y existe el cuerpo, exactamente como lo afirmaban los viejos libros. Hoy por hoy lo hemos comprobado. La medicina encontró el remedio para algunas enfermedades del cuerpo (poquísimas, ya lo sé); en cuanto a las enfermedades del alma…

—¿A dónde va a llegar con todo esto?

—A la señora. Al estado actual de la señora. Permítame que retome el hilo de la explicación: a los pobres enfermos, a quienes el vulgo llama locos, prácticamente los curan a palos. Si no me cree ¿por qué no se corre hasta el Vieytes y echa una ojeada?

Contesté:

—Ahora mismo, si quiere.

Sonrió amistosamente, no sé por qué, y dijo:

—Yo he buscado nuevos caminos para la curación.

—¿De los locos? ¿Pretende que mi señora está loca?

—De ninguna manera. Una simple perturbación, difícil de curar, eso sí.

—No entiendo.

—Trate de entender, porque de su respuesta dependerá lo que yo decida. Recuerde, señor Bordenave, que un médico de mi especialidad tiene algo de funcionario policial y hasta de juez.

Me pareció que amenazaba. Contesté:

—Si quiere que lo entienda, hable claro.

—Está bien. Como le decía, busqué nuevos métodos de curación. Pensé: el que se duerme, se calma, y recordé procedimientos para conciliar el sueño.

—¿Existen?

—Cómo no. Mire lo que son las cosas, yo tenía dificultades para dormirme. Un señor me aconsejó: «En cama, tome la postura que le convenga, cierre los ojos e imagine que avanza por una alameda. Cuanto más rápido avance, más rápido pasarán en sentido contrario los árboles. Con el movimiento se desdibujarán y usted se dormirá». La receta dio resultado hasta que una noche los álamos se me convirtieron en cipreses y desemboqué en un cementerio.

—¿El cementerio lo desveló?

—Claro. Otro señor, el padre de un amigo, me aconsejó: «Imagine que entra en una ciudad. Pasa por tantas calles y tantas casas que al fin se cansa y se duerme. Para no fijar la atención, lo que sería contraproducente, convendrá que no abunden los detalles y que la ciudad esté vacía». Ahora bien, una ciudad vacía trae recuerdos de películas de guerra, de ciudades conquistadas, de francotiradores que acechan desde las casas. En ese punto usted se desvela, porque teme un ataque.

—¿Y por último dio con el procedimiento adecuado? —pregunté.

—Desde luego. Sin preguntar a nadie, casi le diré por instinto. Imagino un perro, durmiendo al sol, en una balsa que navega lentamente aguas abajo, por un río ancho y tranquilo.

—¿Y entonces?

—Entonces —contestó— imagino que soy ese perro y me duermo.

—¿Que usted es el perro?

—Claro. Le prevengo que un perrito ladrador no sirve. Tiene que ser un perro grande, preferiblemente de cabeza ancha.

Yo creo que el tema de esa conversación me tranquilizó. Era notable: si usted nos veía, nos tomaba por grandes amigos. Tratando de reaccionar, pensé: «No es cuestión de que me envuelva y me adormezca». Le dije:

—Usted iba a hablarme de sus métodos para curar a ciertos enfermos.

—Ya verá —dijo—. Mientras buscaba a la noche procedimientos para conciliar el sueño, de día buscaba procedimientos para curar el alma.

Me sentí muy inteligente, cuando observé:

—Se le ocurrió vincular una cosa y otra.

—Claro —contestó—. Buscaba una cura de reposo, y de algún modo intuí que para el hombre no había mejor cura de reposo que una inmersión en la animalidad.

—Ahora sí que no entiendo —le dije.

No se enojó. Me iba tan bien que temí que esa conversación desembocara en algo horrible.

LXV

A lo mejor el miedo me llevó a mostrarme tan razonable y amistoso. En mi aflicción me figuré que si no le daba pretextos, el doctor no iba a encerrarme. De pronto comprendí que si tenía un plan, no lo cambiaría aunque yo me hiciera el bueno. Empecé a inquietarme y cuando ya iba a interpelarlo, llamaron a la puerta. Entró un enfermero, o empleado, que estuvo hablándole de muy cerca, hasta que Samaniego contestó:

—Pásemela por el interno.

El enfermero se fue. Yo no sabía si hablar o esperar. Sonó la campanilla del teléfono y debí aguantarme. Mientras el doctor hablaba, traté de ordenar los pensamientos, para interrogarlo sobre mi señora, no bien colgara el tubo. Me sobresaltó notablemente cuando dijo: «No tema. De ninguna manera la perjudicaré». Repitió después: «Irreversible, señora, no tema. Irreversible». Tuve una corazonada por demás ingrata: la señora que hablaba con Samaniego era mi señora. El doctor le decía que para favorecerme no iba a perjudicarla. Como en una pesadilla, Diana estaba en contra de mí. Samaniego colgó el tubo, hundió la cara entre las manos, para finalmente apartarlas y preguntarme con una sonrisa:

—Dígame francamente, señor Bordenave: ¿qué es lo que usted más quiere en la señora?

Al oírle esa pregunta recordé que a veces me la había planteado yo mismo. La coincidencia, o lo que fuera, me dispuso favorablemente; dominé un poco los recelos y dije con sinceridad:

—La contestación no es fácil, doctor. A veces me pregunté si yo no quería sobre todo su físico... pero eso era cuando no la habíamos internado. Ahora que usted me la devolvió tan cambiada, para qué le voy a negar, extraño el alma de antes.

Sin impaciencia, pero con firmeza, replicó:

—Tiene que elegir.

—No entiendo —le aseguré.

—Por una vez lo justifico —respondió amablemente.

De nuevo se tapó la cara con las manos y guardó un silencio tan largo que me impacienté. Pregunté:

—¿Por qué, doctor?

—¿Recuerda lo que decía Descartes? ¿No? Cómo se va a acordar si nunca lo ha leído. Descartes pensaba que el alma estaba en una glándula del cerebro.

Dijo un nombre que sonó como *pineral* o *mineral*. Pregunté:

—¿El alma de mi señora?

Puso tanto fastidio en su respuesta, que me desorientó.

—El alma de cualquiera, mi buen señor. La suya, la mía.

—¿Cómo se llama la glándula?

—Olvídela, porque no importa y ni siquiera tiene la función que le atribuyeron.

—Entonces ¿para qué la menciona?

—Descartes no se equivocó en lo principal. El alma está en el cerebro y podemos aislarla.

—¿Cómo lo sabe?

Contestó simplemente:

—Porque la hemos aislado.

—¿Quiénes?

—Eso tampoco importa. Lo esencial es que logramos aislar el alma, sacarla si está enferma, curarla fuera del cuerpo.

Como si me interesara la explicación, pregunté:

—Mientras tanto, con el cuerpo ¿qué pasa?

—Desprovisto de alma, no sufre desgaste, se repone. Apostaría que su señora no volverá a tener esos herpes de labios, que tanto la molestaron.

«No» pensé. «No puede ser.» Pregunté:

—No me diga que le sacaron el alma a mi señora.

—Lo que nos movió a intentar el experimento fue la absoluta falta de esperanzas de curarla por la terapéutica habitual.

Lo miré detenidamente, porque sospeché que se burlaba de mí. No se burlaba. Articulé como pude la pregunta:

—¿Qué hicieron con su alma?

—Yo creo que usted adivinó, señor Bordenave. La traspasamos a una perra de caza, de pelaje picazo azulado, que elegimos por ser de índole tranquila, y mantuvimos el cuerpo a baja temperatura.

Aunque no me había compenetrado todavía del terrible sentido de su revelación, me apresuré a decir, como si quisiera probarle que entendía perfectamente:

—No me hará creer que me devolvieron a Diana.

Metió la cara entre las manos y la dejó ahí por los instantes más largos de mi vida. Por fin las apartó; su cara parecía la de un muerto.

—En cuanto al cuerpo, sí.

—¿Y en cuanto al alma?

Volvió a reanimarse.

—En cuanto al alma, señor Bordenave, ocurrió un hecho francamente imprevisible. Como usted comprenderá, en el Instituto procedemos de acuerdo a estrictas normas de prudencia.

Ponderó tanto sus normas de prudencia que me puse nervioso. Le pregunté:

—¿Por qué no me dice de una vez qué pasó con el alma de mi señora?

—El alma de la señora —contestó— alojada en una perra de raza pointer y de temperamento tranquilo, no corría, dentro de lo que es lógico suponer, el menor riesgo.

Creí que me daba una buena noticia, hasta que algo me resultó sospechoso. Pregunté:

—No corría el menor riesgo, pero ¿qué pasó?

—No previmos, no pudimos prever, que el carácter de la señora fuera tan inquieto.

—Está bien, no podían prever, pero ¿qué pasó?

—La perra, que era muy tranquila, manifestó cierta nerviosidad.

Le aseguro que para extraer la verdad tuve que reprimir los nervios e insistir mucho. Insistí:

—Bueno ¿y después?

—La nerviosidad aumentó. Hágase cargo de mi sorpresa cuando un muchacho que trabajaba en la escuela de perros y nos da una mano en el cuidado y alimentación de los que tenemos aquí (un muchacho de cejas pobladas, que seguramente usted ha visto por el barrio) vino con la noticia de que la perra en cuestión se había escapado.

—La perra en cuestión es mi señora —dije con despecho.

—Llevaba el alma de la señora —corrigió—. Le garanto que no ahorramos esfuerzo para recuperarla. Es claro, cuando supimos que se había internado en el Parque Chas, que es un verdadero laberinto, flaqueó nuestra esperanza… pero de ningún modo nuestro empeño, le garanto, de ningún modo nuestro empeño.

Dije como un autómata:

—Parece increíble. Una perra pointer, medio azulada, en el Parque Chas. Le juro que la vi. No había pasado un minuto cuando apareció el cejudo. Increíble.

—¿Por qué no la sujetó?

—¿Por qué iba a sujetarla? ¿Qué sabía yo? Esto es una calamidad, una verdadera calamidad.

—No se ponga así, Bordenave —me dijo—. Trate de serenarse y de escuchar hasta que yo le diga todo. Tengo buenas noticias. Muy buenas.

—Me cuesta creerle —dije—. Esto es una calamidad. Yo estoy desesperado.

—Interprete debidamente mis palabras; no creo que tenga motivo. Yo sí lo tuve cuando la perra desapareció. Tan desesperado me vio un día el doctor Campolongo que me refirió, a lo mejor para sugerirme la idea salvadora, un caso del Tornú, donde también trabaja… Una enferma joven, que no se resignaba a morir y suplicaba a todos los médicos que la salvaran… «Nuestra oportunidad» le dije a Campolongo. «¿Por qué no le habla?» Le habló. En menos de cinco minutos la pobre muchacha había aceptado. ¿A que no adivina dónde se presentaron dificultades? En el hospital, para sacarla. Desde luego eso a usted no le interesa. La pasamos al cuerpo de su señora y dejamos que el otro cuerpo, condenado por la enfermedad, muriera.

Cuando uno está desesperado, sale con las preguntas más raras. Le pregunté:

—Esa persona que está dentro de mi señora ¿cómo sabe tantos pormenores de nuestra vida?

—La aleccionamos con los elementos que pudimos reunir. Es una chica inteligente, despierta, muy buena, le garanto.

—Que vivía por la Plaza Irlanda —dije sin pensar.

—¿Cómo sabe? —preguntó.

—Eso tampoco importa —le aseguré—. Lo que importa es que me la cambiaron a Diana.

—Usted sale ganando en todo. Le admito que la belleza física de la señora es incomparable. Usted se la llevó a su casa. Admítame que el alma de la señora estaba enferma y que raramente la enfermedad es linda. ¿Qué echa de menos, amigo Bordenave? ¿Las recriminaciones, los caprichos, los engaños?

Las manos me ardieron de ganas de abofetearlo. Me contuve, no sé por qué, y le dije:

—No echo de menos las recriminaciones ni los engaños. Tampoco me gusta la enfermedad. La quiero, simplemente, a ella. Voy a poner un aviso en los diarios, ofreciendo una gratificación al que me devuelva la perra pointer.

—No es necesario —contestó—. La recuperamos.

LXVI

—Su idea de poner un aviso no era mala —declaró el doctor—. Hay infinidad de gente dispuesta a mover cielo y tierra para ayudar a los que sufren porque se les escapó un perrito. El cejudo, que tiene buena mano, redactó el aviso y a los pocos días nos trajeron la perra.

Casi me levanto a darle un abrazo. Murmuré:

—¿Por qué tardó tanto en decirlo?

Se me quebró la voz.

—Porque si le explico el proceso precipitadamente, usted, que nunca oyó hablar de estas cosas, no entiende nada.

Calló, como si no tuviera más que decir. Por no encontrar mejor manera de preguntarle por qué no me la devolvía ahí mismo, exclamé:

—¡Qué bueno! ¡Así que la recuperamos a Diana!

—A su alma. Como usted no ignora, en el ínterin, se complicó la situación.

—No entiendo —dije—. Ahora que la tenemos ¿me la va a negar, doctor?

—De ningún modo. Eso sí, debe compenetrarse de las dificultades que enfrentamos.

—Le quedo agradecido por todo lo que hizo, pero ¿por qué no la trae? Me muero de ganas de verla.

—¿Como está ahora?

Le aseguro que esa pregunta me causó el efecto de un mazazo. Logré apenas balbucear:

—No me diga que va a traerme la perra.

—No, no —respondió con una sonrisa tranquilizadora—, pero veo que va entendiendo.

Muy asustado contesté:

—Le aseguro que no.

—Sin embargo, sabe que el cuerpo de su señora está ocupado por la chica de la Plaza Irlanda.

Yo no podía creer lo que oía.

—Si está, es por su culpa —grité—. Sáquela. Sáquela inmediatamente.

Me dijo:

—No me pida que haga mal a nadie. Mi obra pierde todo el sentido si aumento la desdicha de una sola persona.

—O me equivoco o usted se considera un gran benefactor. Ya veremos qué piensa la gente cuando se entere.

—Por lo menos oiga antes de juzgar. Le dije que no quiero aumentar la desdicha de nadie. Lo incluyo a usted.

—Entonces no tiene más que devolverme a Diana.

—Estamos en eso —me dijo—. ¿Me permite una explicación?

—La considero inútil.

—Yo no. Yo le debo una explicación, aunque usted quizá no la merezca. En el Instituto, aquí nomás, teníamos una enferma incurable, pero lindísima, una chica maravillosa. Pensé…

—¿Qué pensó?

—Mire, le prevengo que es tan linda como la señora Diana. Más joven aún ¡y de una delicadeza en los rasgos!

A esa altura de la discusión adiviné a quién se refería. Bastante indignado le dije:

—Hay pocas mujeres lindas como Diana.

—Verdad. También es verdad que esta chica es muy linda.

—No va a comparar.

—Primero la ve y después hablamos.

—Ya la he visto. Usted me cree idiota, pero sé de quien habla: la cazadora de moscas.

Abrió la boca y le tocó el turno de parecer idiota, pero se repuso demasiado pronto.

—La vio cuando la pobrecita estaba muy mal. Ahora, con el alma de la señora, es otra cosa. Otra cosa.

—Usted no me interpreta, doctor. Yo no quiero otra cosa. Quiero a Diana.

Dijo:

—En la variación está el gusto.

—Usted perdió el sentido de la decencia. ¿Nunca le dijeron que no hay que manosear a la gente? Yo se lo digo. Se cree un gran hombre y es un vulgar traficante de almas y de cuerpos. Un descuartizador.

—No se ponga así —me dijo.

—¿Cómo quiere que me ponga? Me dijo que me la devolvía a Diana y trató de pasarme una máscara. ¿No pensó que es horrible mirar a su mujer y sospechar que desde ahí adentro lo está espiando una desconocida?

—Eso era cuando no estaba informado. Ahora sabe.

—En cambio usted no sabe lo que es una persona. Ni siquiera sabe que si la rompe en pedazos la pierde.

Discutía con ese doctor como si quisiera convencerlo. En verdad yo sólo quería que me devolvieran a la señora y estaba desesperado. Me dijo:

—Con ese criterio no curaríamos las enfermedades ni corregiríamos los defectos.

—¿Nunca se le ocurrió pensar que uno quiere a la gente por sus defectos? —le grité como un desaforado—. ¡Usted es el enfermo! ¡Usted es el enfermo!

Me parece que en ese momento me dio el pinchazo.

LXVII

Al despertar me encontré de nuevo en el cuartito blanco.

Paula me dijo que me apurara con el informe, porque mañana la cambian de piso. Cuando le pregunté si podía contar con ella para una nueva tentativa de fuga, contestó con vaguedades. No la culpo. La pobre sabe lo que le espera al que se opone a estos médicos.

Como Ceferina me ha dicho más de una vez, a mí los desplantes me pierden.

Estoy seguro de que la persona que habló por el teléfono interno con Samaniego, mientras yo estaba en el despacho, es la chica de la Plaza Irlanda. Cuando Samaniego le repitió «No tema. Es irreversible», evidentemente le prometía que no la iba a sacar del cuerpo de Diana. De cualquier modo, si yo no me hubiera enojado, a lo mejor lo persuadía de pasarla al cuerpo de la otra, y a mi señora al que le corresponde. A lo mejor todavía no es tarde.

Segunda Parte
por
Félix Ramos

Muchas veces a lo largo de la vida he soñado con la idea de recibir una noticia que altere mi destino. Esta imaginación procede quizá de la historia, sin duda falsa, que leí en algún almanaque popular, de aquel joven inglés, famélico y desesperado, que al llegar a la playa para suicidarse encontró una botella con el testamento del norteamericano Singer, que legaba sus millones a quien lo recogiera. Un día, en la misma puerta de casa, increíblemente el sueño se volvió realidad; pero en la versión que me deparó la suerte, desaparecen los elementos románticos: no hay botella, ni mar, ni testamento, sino un montón de papeles en la boca de un perro. Nuestros deseos por fin se cumplen de manera de persuadirnos de que más vale no desear nada.

El perro, según me pareció, un mastín atigrado, a diferencia de los habituales carteros que, mes a mes, abandonan en el zaguán contiguo las revistas que aguardo con ansiedad, sabía lo que estaba haciendo. Después de entregar el sobre me miró con determinación y, ahora creo, con esperanza. Corrió hasta la puerta, se paró en las patas traseras, apoyó las manos en el picaporte, trató de abrir. No lo consiguió. Supongo que se produjo entonces un conflicto entre su inteligencia, extraordinaria para un animal, y los reflejos propios de la especie. Vencieron los reflejos, el perro aulló. Los aullidos guiaron los precipitados pasos de un pelafustán de cejas muy pobladas que trabaja en la escuela de perros de la calle Estomba. Cuando el perro lo vio, intentó velozmente el contraataque y la fuga. Lo redujeron sin dificultad.

—Se había escapado —aclaró el hombre con una sonrisa que lo volvía humano.

El pelafustán no me reclamó los papeles.

Nada más desolado que los ojos de un perro triste. En los del pobre animal que se debatía, casi asfixiado, había desolación, pero también reproche. El reproche, ojalá que me equivoque, venía dirigido a mí.

Entré en casa y examiné el cartapacio. Trae la firma del mismo Lucio Bordenave que me habría enviado, días atrás, por intermedio de una señorita, una carta desaforada y confusa. Después de recurrir a un perro ¿de qué se valdrá mi corresponsal para llamar la atención?

Por motivos aparentemente contradictorios, desconfío de la autenticidad del documento. Ante todo, me parece raro que Bordenave se dirija a mí; al fin y al cabo estamos distanciados. También me parece raro que Bordenave me trate de usted; al fin y al cabo nos conocemos desde la infancia. Lo cierto es que después de la lectura sentí la contrariedad de quien recibe un anónimo. O peor aún: de quien recibe la carta de un impostor.

Busqué en la guía el número de teléfono del Instituto Frenopático de la calle Baigorria, llamé, pedí por la señorita Paula.

Cuando le dije mi nombre, preguntó:

—¿Le llevaron los papeles?

—Sí. Me los trajo un perro.

La mujer exclamó «¡Pobre perrito! Mi perrito amoroso», prorrumpió en gemidos desconsolados y débiles y cortó la comunicación.

Veinte días después ocurrió en mi presencia un desagradable episodio callejero. Me hamacaba en el silloncito de mimbre, a la puerta de casa, cuando por el centro del pasaje apareció Ceferina, una parienta de los Bordenave —aindiada, anciana, huesuda, alta— con las chuzas desmadejadas y con ojos que le brillaban como si la consumiera la fiebre. Corrió hasta quedar frente a mí, agitando los brazos y gritando con voz alterada:

—¡El que volvió no es Lucho! ¡El que volvió no es Lucho!

De pronto se aflojó como un trapo. Me acerqué a mirar. Estaba muerta. En un instante se agolparon los curiosos.

Entré en casa, me tiré en la cama, traté de olvidar, y como eso era imposible, medité. No encontraba sino dos alternativas: creer lo que me refería el informe, intervenir y quedar como tonto, o no creer, no intervenir y quedar como egoísta.

Para visitar a Bordenave esa misma noche aproveché, lo que no parece muy delicado, el velorio de Ceferina. Más linda que nunca, Diana me ofreció una tacita de café y me saludó como si no me conociera. Lucho me miró con tan imperturbable indiferencia, que busqué refugio en un grupo de amigos, entre los que estaban el Gordo Picardo, el Payaso Aldini, y otros que apenas identificaba, porque se habían mudado y desde largos años no vivían en el pasaje.

Hacia la madrugada, en la cocina, se levantó un clamoreo. A Picardo, que es un curioso, le insinué: «¿Por qué no averiguamos qué ocurre?». Una muchacha delgada, pálida, de cabello muy corto, a gritos le decía a Diana:

—¡He venido esta noche para que todo el barrio me oiga! ¡Váyase de mi casa! ¡Usted es una intrusa y lo sabe perfectamente!

Lucho Bordenave y el señor Standle, un alemán, la tomaron de los brazos y la pusieron en la calle. Cuando la arrastraban me acerqué y creí ver, en la nuca de la muchacha, una cicatriz. Me parece que Bordenave tenía una igual. Alguien dijo que el alemán se encargó de llevar a la alborotadora al Instituto Frenopático. El suegro de Bordenave, don Martín Irala —un anciano en mangas de camisa y en pantuflas—, consolaba a su hija, que parecía muy afectada por el entredicho.

Al otro día llamé al Instituto y pedí por la señorita Paula. Me preguntaron:

—¿De parte?

—Un amigo.

—Ya no trabaja con nosotros.

—¿Podría darme su dirección?

—No la tenemos. En la habitación que ocupaba el señor Bordenave hemos hallado una carta para usted. ¿Quiere que se la enviemos, señor Ramos?

Me contrarié, porque ya me cansaban las cartas de Bordenave y porque me habían reconocido. Todo el asunto me pareció, amén de confuso, amenazador. Resolví, pues, olvidarlo por un tiempo.